Sandra Hughes

# *Tessiner Vergeltung*

*Ein Fall für*
*Tschopp & Bianchi*

*Roman*

Kampa

*Für den Blick hinter die Verlagskulissen:*
*www.kampaverlag.ch/newsletter*


www.kampaverlag.ch
Lektorat: René Stein
Umschlaggestaltung: Lara Flues, Kampa Verlag
Umschlagmotiv: © Tobias Degenhardt
Satz: Tristan Walkhoefer, Leipzig
Gesetzt aus der Stempel Garamond LT / 240140
Druck und Bindung: Friedrich Pustet, Regensburg
Auch als E-Book erhältlich
ISBN 978 3 311 12095 7

# *Teil 1*

# 1

Endstation«, wiederholte die nette Stimme aus dem Lautsprecher. »Lugano-Centrale, bitte alle aussteigen.«

Das Schiff zerrte am Tau, während der Mitarbeiter der Società Navigazione den schmalen Steg zur Anlegestelle hinüberschob. Es dauerte eine Weile, bis zweihundert Fahrgäste den Steg passiert hatten. Der Mitarbeiter nickte lächelnd jedem einzelnen zu. Er freute sich auf den Feierabend, ein kühles Bier. Er spürte bereits die angenehme Bitterkeit auf der Zunge, die Kälte in der Kehle beim Schlucken. Nachdem der letzte Fahrgast von Bord gegangen war, zog der Mitarbeiter den Steg ein, gab dem Steuermann ein Zeichen, löste das Tau.

Während die *Italia* Richtung Werft fuhr, um für die Nacht festzumachen, schritt der Mitarbeiter das Oberdeck ab, sammelte liegen gebliebene Plastikbecher, PET-Flaschen, Caps und Sonnenbrillen ein. Die Angestellte im Restaurant fuhr fort, die Kaffeemaschine zu reinigen, ohne ihn zu beachten. Er stieg die Treppe wieder hinunter, ging durch den leeren Passagierraum im Schiffsbauch. Es roch nach abgestandenen Schinkenbroten, Schweiß und Weißwein. Als er aufs offene Heck hinaustrat, atmete er tief die warme Seeluft ein. Er erschrak, als er rechts neben der Tür einen Schatten wahrnahm. Ein Mann in grauem Anzug saß auf der Bank, einen Filzhut tief ins Gesicht gezogen. Bei dieser Hitze! Wahrscheinlich war er eingeschlafen.

*»Signore.«* Der Mitarbeiter streckte seine Hand aus. »Lugano-Centrale, hier ist Endstation.«

Mit den Fingerspitzen berührte er leicht die Anzugjacke.

»*Signore*, Sie müssen …«

Der Mann kippte langsam zur Seite, die Schiffswand entlang, das Gesicht noch immer vom Hut verdeckt. Der Mitarbeiter wollte ihn stützen und fasste nach den Schultern. Zuckte zurück, als er in eine weiche Masse griff. Der Hut rutschte, fiel zu Boden. Ein Gesicht ohne Augen, Mund und Nase verbarg sich darunter. Eine Kugel aus synthetisch glänzendem Stoff bildete den Kopf. Der Mitarbeiter bekreuzigte sich hastig. Es war eine lebensgroße Deko-Figur, eine Stoffhülle zum Befüllen mit Altpapier oder Schaumstoffteilen, die ihm kurz vor dem Feierabendbier auf der *MS Italia* begegnete. Ein Gag für jede Party, cremefarben, für 14,99 Franken online bestellbar. Eingekleidet in Hemd und Anzug, Massenware, aber ordentlich, dazu Business-Schuhe aus Lederimitat über ausgestopfte Füße gestülpt.

*»Dio mio!«*, rief die Angestellte des Restaurants. »Was ist denn hier los?« Sie richtete ihr Handy auf den Puppenmann. »Siehst du das?«

Auf dem Anzugskragen prangte ein Bügelpatch. Der Mitarbeiter kannte diese Stücke aus Stickfilz aus Kindertagen. Mama hatte damit Löcher geflickt und ihn dem Spott der Kinder ausgesetzt – weil seine Flicken als Motiv Biene Maja, Blumen und Herzen trugen. Das Bügelpatch hier zeigte ein anderes Motiv. Dem Mitarbeiter fuhr ein Schauer über den Rücken. Es war eine schwarze Katze mit weit aufgerissenen weißen Augen. In ihrer linken Pfote hielt sie ein langes, blutbeflecktes Messer.

## 2

Emma befand sich dreißig Autominuten von der Schiffsanlegestelle Lugano-Centrale entfernt im Herzen des Malcantone zwischen Rebstöcken. Sie saß auf dem Boden, über ihr hingen dunkle Trauben, streichelten sanft ihren Scheitel. Von unten bohrten sich ausgetrocknete Erdbrocken ins Gesäß. Emma verlagerte das Gewicht. Sie hielt dabei den Blick weiterhin auf das Häuschen gerichtet, das ein Stück weiter im Weinberg stand. Es war so breit wie ein Zimmer und gehörte zum Bed & Breakfast Tenuta Vallombrosa in Castelrotto.

»Himmlische Erholung inmitten von Eichen- und Kastanienwäldern«, versprach die Webseite, »feinste Degustationen vom Weingut.«

Jedes Zimmer im Vallombrosa war nach einem Tessiner Künstler benannt. Als »ideal für Naturliebhaber« pries die Webseite insbesondere das Häuschen hier. Es lag 200 Meter vom Hauptgebäude entfernt, verfügte über ein Doppelbett und eine Kochecke mit kleinem Essbereich, genau passend für zwei Personen, die ein paar romantische Tage verbringen wollten. Emma versuchte, ihren linken Fuß ein wenig zu kreisen. Bloß kein Kribbeln in den Beinen jetzt, unterbrochene Blutzufuhr war unbedingt zu vermeiden. Niesen war verboten, zu viel Wassertrinken untersagt, Telefonieren sowieso. Jedes noch so leise Geräusch, jede Bewegung war in ihrem neuen Job ein Risiko. Stillsitzen war die Vorgabe, regloses Stehen. Streng Fokussieren beim Observieren. Sich an die Zielperson dranhängen, ohne dass diese auch nur etwas vom Schatten ahnte, der ihr folgte. Als Individuum verschwinden, sozusagen. Emma seufzte. Wenn ihr jemand prophezeit hätte, dass sie in reifem Alter hinter Büschen verborgen ehebrechenden Männern und Frauen auflauern würde, hätte sie bloß gelacht. Aber doch nicht Emma Tschopp, vierundfünfzig, Single und kinderlos, Ex-Kriminalpolizistin bei der Polizei Basel-Landschaft. Emma unterdrückte ein Ächzen. Sie würde sich bei nächster Gelegenheit ein Kniekissen beschaffen, um ihre Knochen ein bisschen weicher zu betten. Falls sie in der Lage war, sich je wieder von diesem harten Stück Erde aufzurichten und einen Fuß vor den anderen zu setzen.

## 3

Auch Commissario Marco Bianchi trieb sich an diesem Samstagabend im Freien herum. Wobei »Commissario« nicht mehr korrekt war, es musste Detektiv Marco Bianchi heißen. Bianchi hatte im Frühjahr 2022 beim Commissariato von Lugano gekündigt und war Teil der Detektei *Tschopp & Bianchi. Für alle Fälle* geworden. Aber einmal Commissario, immer Commissario. An diesem Samstagabend führte Bianchis Weg über den kurz getrimmten Rasen im Parco Ciani von Lugano, der sich unweit vom Stadtzentrum am Ufer des Ceresio befand: 63 000 Quadratkilometer zivilisierte Natur mit Wegen aus Asphalt und Kies unter hundertjährigen Bäumen, Blumenbeete, Blütenpracht. Gartenkunst mit Statuen und Brunnen, von Italien und England inspiriert, geschätzt von Einheimischen und Gästen. Vielfach fotografiert und publiziert wurden das schmiedeeiserne Tor zum See hin, das Mosaik aus Flusskieseln, die symmetrisch angeordneten Sitzbänke davor, die akkurat geformten Buchsbüsche. Gegenüber und etwas entfernt vom Ufer hob sich die Villa Ciani in Lachsrot vom Grün ab, ein klassizistischer Kubus in städtischem Besitz, Location für Konferenzen, Empfänge und Hochzeiten. An diesem Abend verbarg die Villa ihren goldleuchtenden Spiegelsaal hinter verschlossenen Fensterläden. Es standen keine Männer in Maßanzügen vor weiß gedeckten Apéro-Tischen. Keine festlich gekleidete Gruppe grölte, keine Geräusche von klingenden Gläsern drangen zu den Gehwegen hinüber.

Dort drängte sich das Volk aneinander vorbei. Wer genug vom Flanieren hatte, lungerte auf Sitzbänken und am kleinen Sandstrand herum. Commissario Marco Bianchi wunderte sich über die Menge an Menschen. Welche Lust, sich zu zeigen, zu reden, zu trinken. Und wie viel hier gekifft wurde! Wieder streifte ihn eine Marihuana-Wolke, und er spürte so etwas wie Neid beim Anblick der jungen Menschen. Da war Plaudern und Lachen überall, Musik, die aus kleinen Boxen tönte, ineinander verschlungene Arme und Beine. Er bemühte sich, niemandem auf die Füße zu treten, während ihn der Hund weiter hinter sich herzog. Der schwarze Labrador hielt die Nase am Boden und folgte zielstrebig einer Spur, die immer denselben Verlockungen folgte: Krümeln, Keksen, Wurstresten, Chipstüten, Sandwichresten, Bananenschalen, bereits verwendeten Papierservietten. Marco Bianchi rief vergeblich Befehle hinterher. Rubio ging seinen Weg, und der Commissario folgte ihm.

## 4

Im Weinberg der Tenuta Vallombrosa war Emma kurz vor 20 Uhr schon fast versucht aufzugeben. Ihre Erwartung, die Turteltauben würden ihr Nest verlassen, sich vom Hunger getrieben nach vorne ins *ristorante* im Hauptgebäude begeben, hatte sich bisher nicht erfüllt. Mussten die beiden denn nichts essen? Oder einmal tief durchatmen an der frischen Luft? Sie müssten bloß kurz vor das Häuschen hier treten, zu zweit in Emmas Blickfeld geraten, bevor es vollständig eindunkelte. Die Kamera war bereit, den Augenblick festzuhalten. Selbst ein geöffnetes Fenster würde reichen, das Pärchen im Rahmen vom Megazoom erfasst. Bloß *ein* Bild als Beweis musste Emma ihrer Auftraggeberin abliefern, der Ehefrau des Typen dort drin, der sich keine Pause gönnte. Emma verbot sich bei jeder Observierung Gedanken dazu, was hinter den Fenstern und Türen geschah, auf die sie ihren Fokus gerichtet hielt. Sie wollte nicht wissen, was auf Bootsausflügen getrieben wurde, während sie in sumpfigen Uferzonen kauerte und Mücken erschlug. Ihre Aufgabe war es, im richtigen Moment den Auslöser zu drücken, wenn der Kerl seiner Begleiterin vom Boot half und einen Arm um sie legte. Eine lückenlose Dokumentation hatte sie jenen zu liefern, die nicht länger mit einem Verdacht leben wollten. Zum Beispiel der Frau vom Typen dort im Haus, der noch immer mit seiner Liebelei zugange war. Wobei. Emmas Herz hüpfte kurz und schlug dann schneller. Die Tür im Häuschen hatte sich geöffnet, ihr Observierungsziel trat heraus. Emma kniff die Augen zusammen. Tatsächlich. Der Typ stand da, mit nichts außer einer Unterhose bekleidet, über die sich sein fetter Bauch wölbte. Er ging ein paar Schritte, reckte sein Doppelkinn dem tiefroten Abendhimmel entgegen, streckte und rekelte sich. Dann huschte ihm eine Gestalt hinterher, schmiegte sich von hinten an, umfasste zärtlich den Wanst.

»Oha«, murmelte Emma und stellte den Zoom ein bisschen besser ein. »Auftrag erfüllt.«

Einmal mehr verdrängte sie jede Sorge über die Reaktion der betrogenen Ehefrau, während sie in einer Bildserie festhielt, wie der große, dicke und der kleine, dünne Mann sich eng umschlungen in einem sachten Tanz wiegten und dann im Dämmerlicht zwischen den Rebstöcken verschwanden.

# 5

»Aus!«

Commissario Marco Bianchi tippte mit dem Zeigefinger vor sich auf den Boden.

»Gib ihn her!«

Bianchi hatte sich hingekniet. Er schwitzte, obwohl nach Sonnenuntergang ein kühler Wind im Parco Ciani aufgekommen war. Auf den Gehwegen flanierten weniger Menschen, aber auf dem Rasen tummelten sich immer noch viele.

»Rubio!«

Mehrmals hatte der Commissario versucht, den Ball zwischen Rubios Zähnen zu fassen. Keine Chance. Der Ball war rundum eingespeichelt, Bianchis Finger fanden keinen Halt.

»Aus, Rubio!«

Rubio hielt am Spiel fest, während das Kleinkind neben Bianchi brüllte, dessen Mutter vergeblich mit Kuscheltier und süßen Sachen lockte. Nicht einmal ein bunt blinkendes Handy mit Baby-Apps vermochte das Kind abzulenken. Es wollte seinen Ball zurück, und zwar jetzt. Der Vater des Kindes lästerte über Hundehalter, die ihre Tiere nicht im Griff hatten.

*»Posto!«*

Der Commissario hatte sich wieder aufgerichtet. Aber auch ein Befehl von oben wurde ignoriert. Rubio warf vergnügt seinen Kopf hin und her, mit weit nach hinten gezogenen Lefzen, den Ball festgeklemmt zwischen weiß leuchtenden Zähnen. Die Plakette am Hundehalsband klingelte unentwegt, während der Commissario zu Verrenkungen gezwungen war, damit Rubios Beine sich nicht in der Leine verhedderten.

Er war bloß Hüter für ein paar Stunden abends oder tagsüber, manchmal für eine Nacht. Die Hundehalterin hingegen hatte ihr Tier im Griff. Ihren Befehl hätte Rubio ausgeführt. Ihrer Stimme folgte er, egal, ob sie lieblich klang oder streng. Wenn die Hundehalterin hier wäre, wäre der Ball längst da, wo er hingehörte, voller Geifer zwar, aber in den Händen des Kindes. Eine souveräne Halterin war sie, Emma Tschopp. Die beste Frau der Welt. Emma hatte immer gelacht und ihn als Schmeichler verspottet, wenn er solche Aussagen wagte. Seit dem großen Streit jedoch gab es kein Geplänkel mehr. Seit dem großen Streit waren Emma und er geschäftsmäßig sachlich geworden. Ihr Austausch konzentrierte sich auf die gemeinsame Detektei, die neugegründete Firma wollten sie weiterhin betreiben. Darin waren Emma und er sich einig. Auch sollte Marco gelegentlicher Hüter dieses ungezogenen Hundes bleiben, der Kinderbälle klaute. Aber das ging den lästernden Vater hier nichts an und interessierte ihn wohl auch kaum. Bianchi bat das Kind mit einem Lächeln um Verzeihung und setzte sich in Bewegung. Es war Zeit, zu seinem Auftrag zurückzukehren. Die Gruppe junger Menschen drüben am Strand hatte sich erhoben, raffte Tücher zusammen, sammelte Flaschen ein, setzte sich langsam in Bewegung. Der Commissario und Rubio folgten ihnen mit ausreichend Abstand, ganz Herrchen und Hund auf abendlicher Runde. Sie ignorierten das Gezeter der Kleinfamilie in ihrem Rücken, die ihren Ball in einem geifernden Hundemaul entschwinden sah.

## 6

Bananenschalen, Papierservietten, Chipstüten, Pizzastücke. Rubio schnupperte weiterhin den Hinterlassenschaften der Besucherinnen und Besucher im Stadtpark von Lugano hinterher. Krümel von Reiswaffeln, Sojakeksen, Hafercookies. Halbe Vollkornwraps, Fladenbrote. Noch hatte Rubio die Hoffnung auf Fleischfitzelchen aller Art nicht aufgegeben, die hier oft zwischen Grashalmen zu finden waren: Reste von der Tessiner Platte, Trockenfleisch von der Rinderkeule oder Hüfte, Bresaola vom Feinsten, von unachtsamen Menschen fallen gelassen. Auch Schweinefleisch durfte es gerne sein. Ein Zipfelchen Luganiga kalt oder warm, Coppá vom Hals, gesalzen, gewürzt und eingesackt. Salami aus Schulter und Speck oder Lardo vom Rückenfleisch. Mortadella natürlich. Von der Mortadella konnte Rubio nie genug kriegen. Vom Rohschinken sowieso. Rubio kam es sehr gelegen, dass viele Menschen nicht in die Kalorienfalle treten wollten. Sie bescherten ihm abgetrennte Schwartenränder und feine Stückchen Fett, schön einmassiert im kurz getrimmten Rasen. Ja, Rubio ließ es sich gut gehen, wenn er im Parco Ciani unterwegs war. Selbst Käse-Alternativen probierte er. Und dass ihn der Commissario Kinderbälle klauen ließ, war ein guter Grund mehr, den Mann zu begleiten. Sogar die Spur, der sie andauernd folgten, roch ganz okay.

## 7

»Nichts«, wiederholte der Mitarbeiter der Società Navigazione zum hundertsten Mal an diesem Abend. »Mir ist nichts aufgefallen.«

Er hatte wie immer seinen Dienst versehen, an jeder Anlegestelle der Magic Tour den Steg zum Ufer geschoben: in Lugano, Lugano Paradiso, Cantine di Gandria, Gandria, Melide, Morcote, Brusino Funivia, Lugano Paradiso, Lugano.

Er hatte jedes Mal das Tau ausgeworfen und die Klampe belegt, die Fahrgäste aus- und einsteigen lassen, das Tau gelöst und wieder aufgerollt. Er hatte im stickigen Kassenhäuschen gestanden und jenen Fahrkarten verkauft, die noch keine hatten. Danach hatte er Runden gedreht, gewissenhaft bei allen Passagieren Tickets und Abonnemente geprüft. Weshalb wollte dieser Polizist nicht begreifen, dass ihm dabei nichts Besonderes aufgefallen war? An diesem Samstag waren Horden von Menschen auf der *Italia* mitgefahren. Ständig wechselnde Gesichter hatte er vor sich, Fahrkarten und Handys, die ihm entgegengestreckt wurden. Sein Auftrag war, jedes Datum zu prüfen, Halbtaxabonnemente zu verlangen, niemanden seiner Kontrolle entgehen zu lassen. Er half, Fahrräder und Kinderwagen zu platzieren, hielt Fluchtwege frei und Väter davon ab, ihre Kleinkinder auf die Reling zu setzen. Wie hätte er dabei etwas Außergewöhnliches beobachten sollen?

»Neun Anlegestellen insgesamt.«

Der Polizist schlug mit der flachen Hand auf die Reling. »Neunmal war Gelegenheit, das Objekt auf dieses Schiff hier zu schmuggeln. Und Sie alle hier haben nichts gesehen?«

Nein, sie hatten nichts gesehen. Die Restaurantangestellte verneinte, ohne von ihrem Handy aufzusehen. Der Steuermann schüttelte wieder stumm den Kopf. Der Mitarbeiter vermied dessen Blick, er wusste, was der Steuermann dachte: Bloß wegen dir haben wir die Polizei gerufen. Wie einfach es gewesen wäre, den Puppenmann über Bord zu werfen, mit einem Gewicht beschwert. Sie hätten ihm zuvor die Business-Schuhe aus Lederimitat von den Füßen gezogen, sie mit dem Hut in eine Tüte gesteckt, alles zusammen in der Tiefe des Lago di Lugano versenkt. Dann würden sie jetzt im verdienten Feierabend beim zweiten Bier sitzen. Stattdessen standen sie hier noch immer im Heck und ließen sich von diesem unangenehmen Polizeibeamten Fragen gefallen, auf die es keine Antworten gab. Sie mussten dabei zusehen, wie dessen Assistent endlos lange den Puppenmann fotografierte, der noch immer hier auf der Bank saß.

»Niemand von uns hat etwas gesehen«, sagte der Mitarbeiter der Società Navigazione zum tausendsten Mal und im Wissen darum, was diese beiden Polizisten vor sich sahen: Drei Angestellte auf der *MS Italia*, unter der Sonnenbräune grau vor Müdigkeit, feindselig stumm und zusammen mit 250 Fahrgästen verdächtig, die Szene hier installiert zu haben. In der folgenden Nacht wehrte sich der Mitarbeiter im Schlaf gegen einen Polizisten und dessen Fragen, die wie Messerstiche in sein Hirn drangen, während auf seiner Brust eine schwarze Katze saß, die so groß wie ein Bär war.

# 8

Emmaaaa!«, schallte es vom Kiesplatz bis zu Emma in den kleinen Garten. »Bist du zu Hause?«

Emma lächelte. Ja, natürlich war sie zu Hause. War ja unschwer am gelben vw-Bus zu erkennen, den sie gestern Nacht wie immer auf halbem Weg hoch zum Haus geparkt hatte. Als Nächstes würde energisches Klopfen draußen an der Tür folgen, begleitet von Frenas Murren, weil Emma nicht öffnete. Emma bettete ihren Kopf aufs Kissen am Wannenrand und atmete den Duft des Holzfeuers ein, das ihr Badewasser erhitzte. Sie sah den Schwaden aus Dampf nach, die sich in der kühlen Morgenluft bildeten, grüßte die Meisen. Bewunderte die Schönheit des Limettenbaumes, der unerwartet Früchte trug, und freute sich auf die Ernte. Zusammen mit Cachaça, Zucker und Eis würden sie den besten Caipirinha des südlichen Tessins hergeben. Ja, Emma fühlte sich wohl in diesem ehemaligen Grotto am Rande von Morbio Inferiore, von wo es nur noch zu Fuß in die Breggia-Schluchten des Valle di Muggio hoch weiterging. Der Putz bröckelte zwar hier und dort von den Fassaden, und die rote Farbe an den Läden blätterte auch schon ab. Aber das kümmerte Emma nicht. Sie bewohnte im Erdgeschoss ein Zimmer mit Cheminée, hatte direkten Zugang zum verborgenen kleinen Garten samt Badewanne hinter dem Haus und einer winzigen Toilette, die im angrenzenden Geräteraum eingebaut war. Vor dem Haus breitete sich ein großzügiger Platz aus. Unter den Füßen knirschten Kieselsteinchen, über den Köpfen bildeten Linden ein saftig grünes Dach. Zu zwei Seiten begrenzten Holzbänke auf Granitsockeln das Grundstück, dahinter wucherte der Südtessiner Laubmischwald. Der Haupteingang war ein paar Stufen tiefer gelegt und mit einem Bogen aus eingemauerten Ziegelsteinen verziert. »Grotto del Mulino« hatte der Pfeil links davon früher verkündet. »Casa Rubio« stand seit eineinhalb Jahren in Gelb, Blau, Rot und Grün geschrieben. Die Kinder hatten das Schild mit Herzen und Hundepfoten verziert.

»Ich komme wieder!«, rief Frena draußen.

Emma nickte. Aber ja, ganz bestimmt würde Frena wiederkommen. Zuerst aber würde sie mit übertrieben lauten Schritten im oberen Geschoss umhergehen, um Emma aus dem vermeintlichen Schlaf zu wecken. Sie würde ihre alte Stereoanlage aufdrehen und ihr Lieblingslied mitsingen. Frena, die richtig Verena Lehner hieß und einem Kaff in Österreich entkommen war, wie sie selbst es formulierte.

»Dem Peter sei Dank«, sagte sie dann stets mit glücklichem Lächeln, und die vielen Falten im Gesicht verzogen sich kreuz und quer. »Wegen dem Peter durfte ich hierbleiben.«

Dem Lächeln folgten jeweils Anekdoten zu Peter Alexander, der österreichischen Schlagerlegende selig. Wie lieb und bescheiden er war, was er gerne aß. Seit Emma anlässlich eines toten Schönheitschirurgen die Bekanntschaft von Frena gemacht hatte, wusste sie alles über den Sänger, Showmaster und Schauspieler, der 2011 in Wien verstorben war, Todesursache unbekannt. An dieser Stelle wischte Frena jeweils ein paar Tränen weg. Frena war von 1980 bis 1990 Peter Alexanders Hausverwalterin gewesen, die gute Seele seiner Villa in Morcote, die auch nach dem Rechten schaute, wenn die Familie nicht anwesend war. Nachdem der alternde Star sein Anwesen gegen eine Wohnung getauscht hatte, kam Frena beim ehemaligen Pfarrer von Vico Morcote unter, dem Nachbardorf über dem Lago di Lugano. Sechsundzwanzig Jahre teilte sie mit ihm das Haus. Als der alte Cavadini im Mai 2020 starb, rief sie Emma an, erzählte von seinem überraschenden Tod und dem endlosen Leiden ihres Dackels, der schlussendlich eingeschläfert werden musste.

Frena schluchzte eine Weile ins Telefon, dann sagte sie: »Ich habe einen Plan. Du kommst nie darauf.«

»Du wirst wieder Boss«, sagte Emma. »In einem neuen Haushalt.«

»Beinahe. Ich eröffne ein Tagesheim für Kinder.«

»Spinnst du?«

»In Morbio Inferiore«, sagte Frena. »Kleines Paradies. Wiesen und ein Fluss nebenan, sechs Autominuten von Chiasso entfernt. Die Gemeinde wirft uns die Bewilligung nach. Sämtliche Mütter und Väter der Region werden es uns danken.«

*»Uns?«,* hatte Emma gefragt.

»Ich dachte an dich. Co-Leitung, ich und du. Oder hast du etwas Besseres zu tun?«

Frenas Frage hatte ihr schlaflose Nächte beschert. Seit Emma im März 2020 ihre Anstellung bei der Polizei Kanton Basel-Landschaft aufgegeben hatte und die Pandemie ausgebrochen war, war sie dank einer spontanen Geschäftsidee über die Runden gekommen. Not macht erfinderisch, hatte sie sich gedacht und ihr Hobby zum Beruf gemacht: Sie legte ein Mosaik nach Wunsch im Tausch gegen Kost und Taschengeld. Emma fuhr mit ihrem Campingbus und Rubio durch die ganze Schweiz und arbeitete bei jenen, die einen Garten besaßen und ihn in Zeiten verändern wollten, in denen nebst Eigenheimoptimierung nicht viel möglich war. Das Angebot sprach sich schnell herum. Zufriedene Kundinnen und Kunden gaben ihre Kontaktdaten weiter. Emma war bereit, beinahe jedes Motiv zu legen, wenn es bloß die Menschen glücklich machte, die es wählten. Sie lebte vom Essen der Auftraggeber und einem Taschengeld, das meist großzügig bemessen ausfiel. Für Versicherungskosten musste das Ersparte herhalten, zum Schlafen war der Bus mit Aufstelldach da, das Kochen entfiel. Emma und Rubio aßen sich kreuz und quer durch die Schweizer Esskultur, ohne zu murren, aber weil pandemiebedingt getrennt gegessen wurde, hätte sie sowieso niemand gehört. Und jetzt sollte sie mit Frena im südlichsten Zipfel des Tessins ein Tagesheim für Kinder eröffnen? Emma liebte Kinder. Mit Kindern konnte sie Türme bauen, Räuber und Gendarm spielen oder einem Fußball bis zum Umfallen hinterherrennen. Sogar Kartenspiele spielte Emma, wenn es sein musste. Sie malte den Kindern Phantasiefratzen ins Gesicht, schnitzte Pfeil und Bogen, half bei den Hausaufgaben, buchstabierte schwierige Wörter, übte Lieder ein. Erfand mit ihnen eklige Wörter, bis sie nicht mehr konnten vor Lachen. Kinder waren wunderbar, fand Emma – wenn, ja wenn sie sie nach ein paar Stunden wieder loswerden konnte: bei der besten Freundin, der Kollegin, die in ihrer Not niemanden gefunden hatte, der die Betreuung übernehmen konnte, beim überforderten Kollegen, den sie beim Kindergeburtstag unterstützt hatte. Aber Kinder acht Stunden am Stück betreuen, fünf Tage die Woche?

Emma hatte drei Nächte über Frenas Angebot geschlafen, dann war sie zu dem Schluss gekommen: Sie hatte nichts Besseres zu tun, als mit Frena zusammen ein Tagesheim aufzubauen. Bis vor sieben Monaten. Emma hatte Frena zu einem Glas Vacallo eingeladen und von ihren neuen Plänen erzählt.

»Du *verlässt* uns?«, hatte Frena gerufen, die Falten als Furchen im Gesicht, nicht mehr als feine Lachfältchen. »Du lässt mich und die Kinder *im Stich*? Und was soll aus all dem hier werden?«

Der feuerrote Haarturm auf ihrem Kopf hatte gewippt, während sie mit heftigen Gebärden rundum wies: zum Atelier für Kunst unter dem Vordach des Nebengebäudes, das angenehm kühl bei Hitze und geschützt an Regentagen war, auf das Dach aus Plachen über ihnen. Auf die bunt bemalten Esstische und Stühle auf dem Kiesplatz, den Pflanzgarten, die Werkstatt. Sie wies auf die ehemalige Gaststube des Grottos, die zur Küche geworden war, das Reich von Frena, wo sie mit ihren Kochgruppen abenteuerliche Kreationen schuf und die Handhabung von Spiralschneidern vermittelte, bis die Kinder des Asilo Nido del Mulino di Morbio Inferiore aus Zucchini Spaghetti zaubern konnten.

»Na, dann geh nur!«, hatte Frena gerufen, während ihr Tränen übers Gesicht rannen. »Wenn du lieber Räuber und Gendarm spielst, als mit uns zu arbeiten!«

Emma hatte sie mit beiden Armen umfasst und den zerbrechlichen Körper an sich gedrückt. Sie hatte ihn sanft hin und her gewiegt und in den Haarturm hinein gemurmelt, dass Frenas Werk auch ohne Emma bestehen blieb. Dass Frena bestimmt wieder eine gute Co-Leitung für das Tagesheim finden würde.

»Ich bin doch ersetzbar, Frena.«

Frena hatte noch ein wenig weitergeschluchzt und sich dann aus den Armen von Emma befreit.

»Stimmt«, hatte sie gesagt und sich resolut die Tränen aus dem Gesicht gewischt. »Ich weiß auch schon, durch wen.«

Jetzt grinste Emma vor sich hin, während sie dem Gesang nachhorchte, der durch die Tessiner Mauern bis zu ihr in den Garten hinunter drang.

*»Die kleine Kneipe in unserer Straße*
*Da wo das Leben noch lebenswert ist.*
*Dort in der Kneipe in unserer Straße*
*Da fragt dich keiner, was du hast oder bist …«*

Emma schloss die Augen, bettete ihren Kopf bequemer auf den Badewannenrand und setzte ihre Kopfhörer auf. Bloß die Meisen erstarrten ehrfürchtig und ließen die samtene Stimme des Meisters stumm über sich ergehen.

# 9

Frena sang. Sie sang mit aller Kraft, die ihre Stimme im Alter von bald achtzig Jahren hergab, die Atemwege von dreißig Zigaretten täglich geteert. Der Peter war ihr jederzeit Trost und Freude. Dem Peter seine Lieder halfen in jeder Lebenslage, auch wenn ihr das niemand glaubte. Der »Badewannen-Tango« brachte sie zum Lachen, »Schwarzes Gold« zum Weinen. »Der Papa wird's schon richten« tröstete sie bittersüß mit einem Vater, den sie nie hatte. »Und manchmal weinst du sicher ein paar Tränen« ließ Frena immer dann auf ihrem alten Plattenspieler kreisen, wenn sie sich ganz allein auf der Welt fühlte. »Anneliese« brachte ihren Mitarbeiter Davide dazu, mit Frena rund um den Kiesplatz draußen zu tanzen, begleitet von hüpfenden und kichernden Kindern. Davide mit den schönen Locken, der Kindererzieher mit Diplom, der zur Gründung des Tagesheims entscheidend beigetragen hatte. Der Goldjunge mit dem abgebrochenen Kunststudium, von den Kindern geliebt und von den Müttern umworben. Davide war das einzige männliche Wesen im Betreuungssystem für kleine Kinder weit und breit, beste Identifikationsmöglichkeit für alle Buben der Region. Davide mit den lockeren Sprüchen, der gerne mit den Müttern flirtete, keinen Knoblauch mochte und seine Zigarettenpause gleich neben den Kindern statt im Abseits machte. Wie oft hatte Frena schon gemahnt, ihren von Gicht verkrümmten Zeigefinger erhoben?

»Ach, Frenchen«, sagte er dann und warf ihr eine Kusshand zu. »Siehst du denn nicht, wie ich den Rauch extra hoch in den Himmel puste?«

So war er, der Davide, ihre tägliche Stütze in der Casa Rubio und Co-Leiter seit sechs Monaten. Der Goldjunge, der in der Vergangenheit nicht immer ganz – wie sollte man das nennen? Egal. Diese Vorfälle hatte Frena längst vergessen.

»Vergessen hält gesund«, sagte Frena immer.

Damit war sie gut gefahren im Leben.

»Vergiss es einfach«, hatte Frena auch Emma gegenüber wiederholt, aber sie führte vergeblich gute Argumente ins Feld. Emma war gegen das Vergessen. Emma bestand darauf, sich zu erinnern. Deshalb drehte und wendete Emma andauernd altes Zeug tief in sich drinnen. Frena erkannte, was in Emma vorging. Denn Frena hatte die Gabe, Gedanken zu lesen. Nicht wortwörtlich natürlich. Es war nicht so, dass sich Buchstaben auf der Stirn ihres Gegenübers abzeichneten. Kein Display, das Frena bloß abzulesen brauchte, was für eine törichte Vorstellung. Nein, Frena kombinierte Worte, Gesten und Gefühle, Gerüche gar, die ihr übermittelt wurden. Es geschah ganz von selbst, ohne dass Frena es darauf angelegt hätte. Früher hatten Freunde ihr geraten, daraus ein Business zu machen. Aber Frena verwarf diesen Gedanken jedes Mal, wenn er wieder aufkam. Was, wenn sie Zeichen falsch las, ihre Kundschaft täuschte, zu Fehlentscheidungen verleitete? Ihre Fähigkeit verlor, wenn sie sie forcierte? Bloß einmal hatte Frena sich zu einem Einsatz verleiten lassen: von einem echten Commissario, Marco Bianchi vom Commissariato Lugano. Er war groß und schlank, hatte volles dunkelbraunes Haar, das er mit viel Gel nach hinten gekämmt trug. Sein Gesicht war angemessen gebräunt über dem immer strahlend weißen und gebügelten Hemd.

Und diese Augen! Jedem anderen Mann wäre so viel Schönheit zu Kopf gestiegen, davon war Frena überzeugt. Sie hatte in ihrem Leben ausreichend attraktive Burschen kennengelernt. Aber der Commissario blieb bescheiden und nett. Ja, Marco Bianchi war ein Wesen, das wie erfunden schien, so makellos. Wie sehr Frena es begrüßt hatte, als dieser Mann hier im Erdgeschoss ein und aus ging. Mit welcher Freude hatte sie ihn mit einem Cappuccino in ihre Küche gelotst, ihn mit einem Extra-Berg aus Milchschaum und einem Stück Marronikuchen *alla Casa Rubio* verwöhnt. Interessiert hatte sie ihm zugehört, wenn er mit Emma Gedanken zu seinem neusten Fall zusammengetragen hatte.

»Nicht *sein* Fall, Frena«, hatte Emma jeweils korrigiert. »*Unser* Fall.«

Frena hatte gestaunt über den Commissario. Wie gefasst er immer blieb. Wie geschickt er kombinierte. Wie raffiniert er dem Verderben hier im Valle di Muggio nachgespürt hatte.

»Nicht *er*«, hatte Emma jeweils korrigiert. »Das war gemeinsame Arbeit, Frena. Er und *ich*. *Wir* haben den Fall gelöst.«

Manchmal, wenn Frena oben ihr Fenster geöffnet hatte vor dem Schlafengehen, hatte sie den Rauch eines Feuers wahrgenommen. Sie hatte den Commissario und Emma unten im Garten lachen hören. Etwas *beobachtet* hatte Frena nie. Bei Gott, es wäre ihr nie in den Sinn gekommen, den beiden nachzuspionieren. Ihr Fenster ging zur Seite hinaus, nicht auf Emmas Garten. Bloß warmen Feuerschein hatte sie zum Himmel steigen sehen. Frühmorgens, wenn Frena durchs Küchenfenster schaute und der Commissario mit Rubio an der Leine vom Gassigehen zurückkehrte, hatte sie lächelnd weiter Milchschaum geschlagen und sich darauf gefreut, die drei in ihrer Küche mit Kaffee, frischem Brot und einem Schweineohr extra zu empfangen, noch bevor die Tageskinder in der Casa Rubio eintrafen. Ja, das waren schöne Zeiten.

Jetzt saß Emma abends wieder allein mit Rubio im Garten. Wenn sie nicht gerade für ihre Schnapsidee unterwegs war.

»Keine *Schnapsidee*, Frena«, beharrte Emma jedes Mal. »Mein *eigenes Geschäft* habe ich gegründet.«

»Nicht *dein* Geschäft«, hatte Frena jeweils korrigiert. »*Euer* Geschäft. Der Commissario und du haben es gegründet.«

»Überhaupt, er ist kein *Commissario* mehr«, widersprach Emma. »Merk dir das endlich.«

Aber Frena beharrte darauf: einmal Commissario, immer Commissario. Nie wagte Frena es, danach zu fragen, warum er abends nicht mehr in Emmas Garten saß. Kein Lachen stieg mehr zum Fenster hoch. Kein verschlafener Commissario ließ sich von Rubio frühmorgens an der Leine wieder zurück ins Haus führen. Wenn Frena ihren Freitagabend-Apéro kreierte, kauten sie nur noch zu viert an den Essensresten einer Arbeitswoche: Frena, Davide, Emma nebst Rubio. Der Commissario fehlte. Und wie er Frena fehlte. Aber das durfte sie nicht sagen. Wenn sie zu einer Klage ansetzte, trafen sie Emmas Blicke wie Blitze. Als Davide einmal einen Spruch wagte, hatte Emma etwas gezischt, das sehr böse klang. So böse, dass Frena es vergessen hatte. Seither hielt sich auch Davide zurück, keine Sprüche mehr. Der Commissario blieb aus der Casa Rubio ausgesperrt. Womit er sein Schicksal verdient hatte, blieb Frena ein Rätsel. Aber eins wusste sie: Sie würde den Marco zurückholen. Er würde wieder mit Emma zusammen im Feuerschein im Garten sitzen. Er würde frühmorgens mit Rubio Gassi gehen und danach bei Frena in der Küche sitzen, einen Cappuccino mit einem Extra-Berg aus Milchschaum vor sich. Bei Gott, das hatte Frena sich geschworen. Und wenn sie alle Mittel dafür einsetzen musste, die ihr zur Verfügung standen.

»Emmaaaa!«, rief sie jetzt und hämmerte gegen die Tür, die Emmas Wohnraum vom Kiesplatz trennte. »Hast du das von der Mörderpuppe gesehen?«

# 10

An diesem Sonntagmorgen zog die Mörderpuppe ein paar Minuten Aufmerksamkeit auf sich. In jedem existierenden sozialen Medium wurden die Bilder verbreitet, welche die Restaurantangestellte von der *MS Italia* ins Netz gestellt hatte.

Hashtag »mörderpuppe«, Hashtag »messermietze«, Hashtag »whodunit«.

Geteilt wurde, was die Plattformen hergaben. Tausende tippten die Bilder an, verharrten kurz, hielten dann virtuell den Daumen hoch. Viele zeigten sich amüsiert vom Scherz, den sich da einer geleistet hatte. Die meisten wischten schnell weiter, weil kein Toter auf der Bank saß, bloß eine ausgestopfte Stoffhülle. Schlecht gemacht, stellten andere fest und kehrten zu Ego-Shootern und Pornoseiten zurück, wo echt etwas los war. Faszinierend, fanden ein paar und zoomten näher, betrachteten die Schuhe an den Puppenfüßen und die Anzugjacke über dem breiten Torso. Beim Bügelpatch hielten vor allem Menschen über fünfzig inne. Bügelpatchs kannten sie von ihrer Kindheit her, als man noch Dinge geflickt hatte und nicht gleich wegwarf. Bügelpatchs waren in Form von Raketen, Fußbällen, Motiven aus Flora und Fauna auf löchrige Hosen aufgebügelt worden. Aber niemandem wäre es eingefallen, eine Katze zu wählen, die in ihrer linken Pfote ein blutbeflecktes Messer trug. Einzig bei Daniele Bossart klang eine Erinnerung an, als er nach der sonntäglichen Lektüre der Neuen Zürcher Zeitung seine Social-Media-Kanäle checkte. Er zoomte das Bügelpatch flüchtig näher und scrollte dann weiter. Beim Aktenstudium im japanischen Garten hatte er die Irritation längst vergessen. Als später am Tag unter den Hashtags »mörderpuppe2«, »messermietze« und »serientäter« neue Bilder auf seinem Tablet aufleuchteten, streifte ihn die unangenehme Erinnerung nochmals. Sie war lästig wie eine Fliege, die einen hartnäckig umkreiste, sich kitzelnd auf nackten Oberarmen niederließ, in Ohren und Nasenlöcher kroch. Aber es brauchte bloß einen gezielten Schlag, um sie zu eliminieren. Einmal wischen über den Bildschirm und Schwupps – weg war der Spuk.

## 11

Die Mörderpuppe Nummer 2 wurde nahe der Schiffsanlegestelle Paradiso in Lugano entdeckt. Die kleine Laura war fröhlich der Seepromenade entlanggehüpft, gaben ihre Eltern danach zu Protokoll. Sie hatten sie gewähren lassen. Ein Kind musste sich frei bewegen können, nicht wahr? Und Laura hatte nun mal den Drang, selbstständig zu sein. Sie wollte alles allein erkunden. Die Eltern verloren Laura kurz aus den Augen. Es hatte doch so viele Menschen auf der Promenade! Als sie den braunen Lockenkopf ihrer Tochter wieder entdeckten, neigte sich dieser über einen Kinderwagen. Es war einer dieser Kinderwagen, der mit einem Handgriff in einen Fahrradanhänger umfunktioniert werden konnte. Auf der einen Seite war der Reißverschluss offen, dort langte Laura hinein, vermutlich nach dem Kind, das im Wagen saß. So dachten die Eltern. Sie beschleunigten ihre Schritte, als sie realisierten, dass der Kinderwagen von keiner erwachsenen Person begleitet war. Niemand war in der Nähe, der Elternteil hätte sein können. Kein Erwachsener, der nur mal schnell ein Foto machte und dann wieder seine schützende Hand auf den Schiebebügel legte. Der Kinderwagen stand allein auf der Promenade. Um ihn herum teilten sich die Ströme von gemütlich Flanierenden und jenen, die hektisch zur Schiffsanlegestelle eilten, um in der Warteschlange zu den Ersten zu gehören. Keiner kümmerte sich um das Wesen im Wagen, nur Laura reichte ihre Hand. Ihren Eltern setzte das Herz einen Schlag lang aus. Sie sahen vor sich, wovor sie ein Leben lang auf Reisen gewarnt worden waren: ein unbeaufsichtigtes Gepäckstück, darin ein hübsch verpacktes Paket mit Sprengstoff. Sie sahen die Zündschnur förmlich glimmen, und in ihren Ohren tickte die Bombe, während sie auf ihre Tochter zustürzten. Der Vater war zuerst dort. Noch im Sprung riss er Laura vom Wagen weg und rollte geschickt über die rechte Schulter auf der harten Luganeser Promenade ab. Er trug ein paar Schrammen und eine Schulterprellung davon, Laura blieb unversehrt. Brüllend vor Schreck und Zorn versuchte sie, sich aus der Umklammerung des väterlichen Armes zu befreien. In ihr Gebrüll mischten sich die Schreie der Mutter, die mit weit aufgerissenen Augen in den Wagen starrte. Passanten blieben stehen, richteten ihre Handys auf den Teil des Wagens, der unbedeckt war. Die Mutter versuchte schreiend und mit den Armen fuchtelnd, die Neugierigen davon abzuhalten, noch näher zu treten. Denn im Kinderwagen war ganz bestimmt eine Bombe platziert. Ein Attentäter hatte es auf den privilegierten Teil der Gesellschaft abgesehen, der sich in sonntäglichem Müßiggang an der Riva Paradiso erholte. Dort, wo Hotelzimmer ab 500 Franken buchbar waren, Gattinnen teure Handtaschen trugen und Ehemänner nicht etwa anriefen, sondern *calls* führten, weil das Business auch am siebten Tag nicht ruhen konnte. Geld vermehrte sich nicht ganz von allein, nicht einmal in Lugano. All diese friedlich flanierenden Menschen sollte der Sprengstoff zerfetzen, der in diesem unheimlichen Puppenmann hier verborgen war. Lauras Mutter schützte ihre Ohren vor einer drohenden Detonation, als die Promenade längst großräumig gesperrt, der Verkehrsstrom umgeleitet und die Menschen in Sicherheit gebracht worden waren. Nichts konnte die Mutter von ihrer Überzeugung abhalten. Auch nicht die

Entwarnung der Spezialisten und der Polizist, der ihr versicherte, dass es sich hier bloß um einen verdammten Idioten handelte, der sich schon zum zweiten Mal an diesem Wochenende einen üblen Scherz erlaubte. Aber Lauras Mutter glaubte ihm nicht. Sie bestand darauf, dass ihre Tochter beinahe einem Attentäter zum Opfer gefallen war. Ohne den Einsatz der Eltern wären alle Passanten hier in Stücke gerissen worden, und Riva Paradiso läge in Schutt und Asche. Das alles gab Lauras Mutter wiederholt zu Protokoll, während der Vater versuchte, seine Tochter nicht aus den Augen zu verlieren, die fröhlich in der Menschenmenge herumhüpfte. Die Absperrbänder wurden zusammengerollt. Langsam nahmen die gemütlich Flanierenden ihren Weg wieder auf, und die Hektischen eilten zur Schiffsanlegestelle.

## 12

Marco Bianchi schaute von seinem Handy hoch. Offenbar war das nächste Postauto angekommen und hatte an der Haltestelle Montagnola Paese eine weitere Ladung Fahrgäste aussteigen lassen. Ältere Paare schritten zügig die Gasse hinunter, die ausziehbaren Wanderstöcke klackerten auf dem Asphalt. Sie stürmten auf das Museum Hermann Hesse zu, vor dem Marco Bianchi an einem der beiden Tischchen saß. Seine Umhängetasche hatte er auf dem Boden platziert. Die Faltblätter mit allen Informationen hatte er längst studiert, die Ausstellung neben der ehemaligen Wohnung des Schriftstellers gesehen.

Jetzt wartete er auf die junge Frau. Sie hatte vor einer halben Stunde einen Eintritt an der Theke gelöst und war rechts die Treppe hinauf verschwunden. Sie war siebzehn Jahre alt und wohnte mit ihrer Familie in einem mittelständischen Quartier in Lugano. Mutter, Vater, ein vierjähriger Bruder. Sie besuchte das Gymnasium und erbrachte durchschnittliche bis gute Leistungen. Am Dienstagabend trainierte sie Volleyball, am schulfreien Donnerstagnachmittag blieb sie zu Hause in ihrem Zimmer, die Freitag- und Samstagabende verbrachte sie mit ihrem Freundinnenkreis aus der Parallelklasse. Sie kehrte immer zu der Zeit nach Hause zurück, die ihr die Eltern vorschrieben.

Kurz: Sie war die normalste und bravste Tochter der Welt.

So schien es Marco Bianchi, nachdem deren Mutter

ihren Bericht beendet hatte. Die Frau und er waren ein Stück weit zu Fuß in die Breggia-Schluchten des Valle di Muggio hochgegangen, Erholungssuchende in freier Natur, unverfänglich.

Das war Emmas Methode, Aufträge zu generieren. Verzweifelte Eheleute ab Tagesheim zu akquirieren, Erstgespräche gleich vor Ort zu führen, als Spaziergang getarnt.

Ziemlich raffiniert, so vorzugehen, das hatte Marco zugeben müssen. Er hatte sich auf die zu Beginn etwas befremdliche Situation eingelassen, mit weinenden Frauen oder Männern an seiner Seite einem Fluss entlangzugehen, Taschentücher zu reichen und Pausen zu verordnen, bis seine Begleitung sich etwas gefasst hatte. Die Mutter der jungen Frau hatte nicht geweint. Sie war sachlich seiner Bitte nachgekommen, den Alltag der Tochter zu beschreiben. Er hatte sie gar nicht erst daran erinnern müssen, sich auf die Fakten zu beschränken, auf das, was sie wirklich wusste. Sie hatte keine Mutmaßungen geäußert oder ausufernde Phantastereien zum Besten gegeben, wie er es von Auftraggeberinnen kennengelernt hatte. Sie hörte sogar zu, als er gegen die Übernahme des Mandats argumentierte: dass Teenager Freiheit und Vertrauen brauchten und nicht einen Schnüffler, dass jedes Vertrauen zerstört wäre, wenn die Sache aufflöge. Er verwies auf die Errungenschaften der digitalen Überwachung. Als er alle Applikationen aufzählte, die in den letzten Jahren erfunden worden waren, um Helikoptereltern die Dauerkontrolle über ihren Nachwuchs zu ermöglichen. Die Frau verneinte entschieden, nachdem er sie beinahe schon bittend gefragt hatte, ob sie sich mit solchen Tools anfreunden konnte.

»Ich habe Angst um meine Tochter. Es gibt keinen bösen Mann weit und breit, keinen schlechten Umgang, mit dem ich sie begründen kann. Ich habe bloß Angst. Können Sie sich das vorstellen?«

Oh ja, das konnte er sich vorstellen. Er hatte selbst erlebt, wie fragil und gefährlich die Welt mit der Elternschaft wurde. Er kannte kein einziges Argument, das er dem Gefühl dieser Frau entgegenhalten konnte. Zudem meldete sich eine innere Stimme, die wie Emmas Stimme klang:

»Wir nehmen *jeden* Auftrag, Marco! Wählerisch kannst du später sein, wenn man uns die Bude einrennt!«

Deshalb saß Marco Bianchi jetzt hier vor dem Museum Hermann Hesse in Montagnola und wartete darauf, dass sein Observierungsobjekt das Haus wieder verließ. Es mutete ihn seltsam an, dass eine Siebzehnjährige am Sonntag ein Museum besuchte. Aber es gehörte nicht zu seiner Aufgabe, die Aktivitäten der jungen Frau zu bewerten. Er war ihr vorhin durchs Haus gefolgt, hatte sich vergewissert, dass es keinen zweiten Ausgang gab, durch den sie ihm entwischen konnte. Er hatte sich hinter Stellwänden mit Aquarellen des Schriftstellers verborgen, sich interessiert über Vitrinen mit Erstausgaben des großen Literaten gebeugt. Es war eng in den Räumen.

Bei aller Diskretion: Der jungen Frau musste klar geworden sein, was Marco Bianchi im weißen Hemd hier trieb.

Manchmal, an den Freitag- und Samstagabenden, wenn er in angemessenem Abstand der Gruppe junger Menschen folgte, drehte sich eine der Gestalten um. Marco Bianchi war sich trotz Dunkelheit und Distanz sicher, dass es sein Observierungsobjekt war. Die junge Frau ging ein paar Schritte rückwärts, das Gesicht in seine Richtung gewandt. Immer, wenn Marco Bianchi so tat, als wäre etwas am Wegrand von großer Wichtigkeit, sah sie wieder nach vorn. Manchmal verschwand sie, wenn er bloß einmal mit den Augen zwinkerte, und ließ ihn stumm fluchend Warterunden drehen, bis sie im Pulk ihrer Freundinnen wieder auftauchte. Als wäre sie immer da gewesen. Arm in Arm bewegten sie sich kichernd durch die warmen Wochenendabende. Dass sie sich einen Spaß daraus machte, hin und wieder ihren Beschatter zu verspotten, konnte Marco Bianchi ihr nicht übel nehmen. Er rapportierte der Mutter wie vereinbart, belegte jede Aktivität der jungen Frau mit Bildern. Sein Honorar kassierte er wöchentlich.

Er verbot sich, den Zeiten nachzusinnen, als er noch Commissario gewesen war.

»Idiot«, hörte er seine Tochter wieder sagen. »Du benimmst dich wie ein Idiot. Wegen so einer.«

Er hatte sie angestarrt. Schockiert hatte er in ihrem Gesicht das süße Kind von früher gesucht, während ihre Worte in seinem Wohnzimmer erschallten. Einem Echo gleich hallten sie immer wieder in seinen Ohren und nahmen tonnenschwer den schön gedeckten Tisch in Beschlag. Sie hatten zu dritt dort gesessen: Emma, seine Tochter und er. Rubio lag zu Emmas Füßen. Marco hatte Emmas Blick auf sich gespürt. Er hatte den Mund geöffnet und wieder geschlossen. Erst später fielen ihm die Worte ein. Alles, was er an dieser Stelle hätte sagen müssen. Aber da war es zu spät. Emma hatte sich längst erhoben und war in Richtung Korridor geschritten. Bloß Rubio hatte ihm noch einmal kurz den Kopf zugewandt, bevor die Wohnungstür mit einem Knall ins Schloss geworfen worden war.

»Bist ein lieber Hund«, sagte der Commissario jetzt, worauf sich Rubio sofort erhob, seinen Kopf in Marco Bianchis Schoß legte und sich kraulen ließ. Mit der anderen Hand verstaute Bianchi das Buch in der Umhängetasche, zog sein Handy hervor. Zwei Nachrichten von Emma waren eingetroffen. Wärme breitete sich in seinem Brustkorb aus, wie immer, wenn er ihren Namen auf dem Display aufleuchten sah.

*Mörderpuppe Nummer 3 gefunden*, schrieb Emma und verlinkte die neusten Nachrichten von tio.ch.

*Dein Nachfolger glaubt an einen Scherz. Was denkst du darüber?*

# 13

Bruno Costa tobte. Er stand an der Anlegestelle Cantine di Gandria. Einst dienten die Keller ihren Besitzern dazu, Rohstoffe und lokale Produkte kühl aufzubewahren. Heute waren manche davon zu Gaststätten ausgebaut worden. Fröhliche Menschen saßen ein paar Meter von der Anlegestelle entfernt an langen Tischen mit karierten Tischtüchern und aßen Polenta. Das kümmerte Bruno Costa nicht. Er brüllte sich die Wut aus dem Leib, der noch immer kurz und breit, aber etwas muskulöser geworden war. Seit Bruno Costa zum Commissario im Commissariato Lugano aufgestiegen war, ging er drei Mal wöchentlich ins Gym und gönnte sich jeden Mittag Menü 1 bei Gianni. Vorbei die Zeiten mit geschlossenen *ristoranti*. Keine traurigen Mittagspausen mehr, in denen er am Bürotisch kalten Nudelsalat aus der Tupperware essen musste, den seine Frau ihm mitgegeben hatte. Costa brachte achtzig Kilogramm auf die Waage, Bauchfett inklusive.

Dieses ganze Gewicht setzte er jetzt ein. Er polierte diesem Kerl hier die Fresse. Seine Fäuste bearbeiteten die geschwellte Brust, bis sie in sich zusammensank. Ein Fußtritt in den Magen und einer in die Eier setzten den Kerl ganz außer Gefecht. Der Mann sackte zusammen. Aus seiner geplatzten Bauchdecke quoll zerknülltes Papier. Bruno Costa stürzte sich auf ihn, riss den Torso bis zum Hals hoch auf. Papier überall, alte Zeitungen, in Stücke gerissen und zerknüllt. Costa griff sich Knäuel und Fetzen mit allen zehn Fingern, warf sie hoch in die Luft. Sie trieben lustig im Wind, bedeckten zuerst den Steg und fielen dann ins Wasser, wo sie vom See verschluckt wurden.

»Chef!«

Sein Mitarbeiter riss ihn aus seinen Gewaltphantasien. Bruno Costa richtete seinen Blick wieder auf den Puppenmann. Es handelte sich um dasselbe Modell wie bei Fund Nummer 1 und Fund Nummer 2: eine lebensgroße Deko-Figur zum Befüllen mit Schaumstoffteilen oder Altpapier. Dieses Mal fehlten Hemd und Anzug. Die Puppe trug bloß Business-Schuhe aus Lederimitat über den ausgestopften Füßen und auf dem Kopf einen Hut. Die schwarze Katze aus Stickfilz war direkt auf die Brust gebügelt, das blutige Messer über dem Herzen platziert, sofern der Puppenmann eines besessen hätte. Der cremefarbene Körper aus synthetischen Fasern glänzte in der Nachmittagssonne. Da, wo er mit einem Seil am Pfosten der Anlegestelle von Cantine di Gandria festgezurrt war, schnitten tiefe Kerben ins weiche Puppenfleisch.

»Chef!«, rief der Mitarbeiter wieder und gestikulierte vom Ufer her, wo er jeden Quadratzentimeter Boden nach einem Hinweis darauf absuchen wollte, wie die Puppe hierhin gelangt war. Er hatte sein Handy am Ohr. »Fund Nummer 4! Drüben in Gandria!«

Bruno Costa hielt noch immer die Fäuste geballt. Er musste das ganze Arsenal an Atemübungen aufbieten, die er im Weiterbildungskurs erlernt hatte. Denn ein Vorgesetzter wie er, ein Mann mit Verantwortung, musste die Fassung bewahren. *Immer.* Auch wenn ihn ein perverses Arschloch in aller Öffentlichkeit verspottete.

»Nähe Schiffsanlegestelle?«

Bruno Costa wusste ohne Hinschauen, dass sein Mitarbeiter mit gerecktem Daumen antwortete, ohne das

Telefongespräch zu unterbrechen. Bruno Costa hatte das Muster durchschaut. Das Arschloch führte ihn an der Nase herum, alle Schiffsanlegestellen des Luganersees entlang. Es handelte sich hier um Sabotage, davon war Bruno Costa überzeugt. Der Täter wollte Angst unter den Touristen säen. Und wer musste das ausbaden? Richtig. Die Società Navigazione del Lago di Lugano. Bruno Costa würde diesen Angestellten dort auf der *MS Italia* nochmals auf den Zahn fühlen. Er traute ihnen die Strategie zu, dass sie den eigenen Arbeitgeber unter Druck setzen wollten, um Zugeständnisse zu erpressen. Alles schon tausendmal gesehen. Diese idiotischen Arbeitnehmer, die an dem Ast sägten, auf dem sie saßen. Sie bissen die Hand, die sie fütterte. Bloß weil sie mehr Lohn wollten oder mehr Mitspracherecht, oder gar beides. Es gab Menschen, denen war jedes Mittel recht.

Bruno Costa seufzte.

Dann wandte er seine Aufmerksamkeit wieder dem Besitzer des Motorboots zu, der den Puppenmann hier entdeckt hatte. Costa hörte sich nochmals die Schilderung an, wie der Mann vorhin einen Schock erlitten hatte, als er beim Anlegen auf einen Nackten mit Hut traf. Wie er zurückzuckte, als er dem Gefesselten am Marterpfahl in die Augen sah. Die Mörderpuppe Nummer 3 hatte ein Gesicht erhalten: zwei schwarze Augen und ein großer, lächelnder Mund, mit fetten Filzstiftstrichen auf den Stoff gezeichnet. Von diesem *stronzo*, der es wagte, das Commissariato von Lugano in aller Öffentlichkeit zum Narren zu halten.

# 14

Am Montag nach dem Mörderpuppenwochenende regnete es. Die Straßen glänzten schwarz, die Autos fuhren dennoch dicht an dicht. Ihre Scheibenwischer wischten hastig im Gleichtakt, gaben den Insassen die Sicht auf den grauen Morgen frei. Von Chiasso und Vacallo her rollten die Fahrzeuge Richtung Morbio Inferiore, von Novazzano aus dem Süden, aus dem Westen von Coldrerio und Balerna. Vom nahe gelegenen San Pietro im Norden kamen sie auf verschlungenen Wegen, weil die Breggia-Schlucht dazwischen lag. Es waren von Montag bis Freitag dieselben Autos, die in die Via Maestri Comacini einbogen, da, wo auf Wegweisern »Grotto del Mulino« und »Percorso del Cemento« geschrieben stand. Aber die Frauen und Männer am Steuer interessierten sich weder für Kulinarik noch Zementlehrpfade. Sie wollten nur bis zum Parkplatz mit dem bunt bemalten Holzschild fahren, wo sie von einem schwarzen Labrador schwanzwedelnd empfangen wurden. Dort schnallten sie zappelige Kinder vom Rücksitz ihrer Familienkutschen, während sie die nasse Hundeschnauze abwehrten und versuchten, dem Nachwuchs einen Kuss und eine Ermahnung für den Tag mitzugeben. Dann sahen sie der Bande nach, die lachend und schreiend das sanft ansteigende Sträßchen hochrannte, vom Schlabbermonster mit freudigen Sprüngen begleitet. Die Frauen und Männer riefen sich gegenseitig ein paar Worte zu, bevor sie wieder in ihre Autos stiegen und wendeten. Auf dem Rückweg dankten manche für diese Einrichtung in einem bankrotten Grotto am Rande von Morbio Inferiore. Gott oder eine gescheite Gemeindeangestellte musste sie ihnen geschickt haben, allen Müttern und Vätern im Mendrisiotto, die sich dabei verausgabten, Familie und Beruf zu vereinen. Dass dort nun auch eine Detektei zur Verfügung stand, hatte manche erstaunt die Augenbrauen hochziehen lassen.

Eine Beschatterin an den Ufern der Breggia, die ihre Dienste anbot? Und einen Mitarbeiter hatte sie auch?

Wen wollten die beiden denn überwachen?

»Die kontrollieren Sozialhilfeempfänger«, mutmaßten die einen. »All diese Schmarotzer.«

»Aber doch nicht hier«, widersprachen die anderen. »Nicht im Mendrisiotto. Die beiden haben es auf Ehebrecher abgesehen.«

Manche Elternteile spekulierten hinter vorgehaltener Hand, während andere still ihre geheimen *dates* durchgingen. Die Vorsichtigen unter ihnen nahmen sich vor, künftig mehr Sorgfalt darauf zu verwenden, glaubwürdige Alibis zu ersinnen. Die Dreisten lachten extralaut über diese *zücchina* mit den wirren Locken und dem schwarzen Hund, die jetzt Detektivin spielen wollte. Und während Mütter und Väter jeden Morgen ihren Nachwuchs vom Rücksitz schnallten, prüften sie verstohlen die Gesichter und Hände aller anderen. Denn seit der Gründung der Detektei Tschopp & Bianchi kam es vor, dass der eine oder andere Elternteil mit verweinten Augen erschien. Plötzlich stach ein schmales Band weißer Haut am Finger ins Auge, da, wo sich bis vor Kurzem ein goldener Ehering befunden hatte. Mancher Blick ging dann zur Tür hin, hinter der Emma Tschopp wohnte. Und manche Väter und Mütter fragten sich, wer wohl als Nächstes deren Dienstleistung in Anspruch nehmen würde.

# 15

An diesem Montagmorgen hatte Emma keinen Termin. Sie putzte. Das tat sie erst im Notfall, erst wenn die Krümel, die sich ihr beim Gehen über die Fliesen in die Fußsohlen bohrten, wirklich nicht mehr zu ignorieren waren. Emma putzte mit Gianna Nannini im Ohr, sang »Un ragazzo come te« und sah mit Vergnügen die Staubflusen im Staubsauger verschwinden. Der Staubsauger gehörte Frena, so wie alle Haushaltsgeräte. Das Beil fürs Feuerholz hatte Emma beigesteuert, dazu Werkzeuge und Gartengeräte. Beide hatten ins »Grotto del Mulino« mitgebracht, was ihnen wichtig schien.

*»Pronto, papà?«*

Für ihren Vater unterbrach Emma gern das Staubsaugen. Sie warf sich aufs Sofa, um zuzuhören. Wie gut ihm seine neuste Skulptur gelungen war. Er hatte sie mit der *alten* Motorsäge aus dem Baumstamm geschnitten, nicht mit der neuen, die taugte nichts. Es folgte eine Hymne auf die gute alte Motorsäge, den Rasenmäher und alle Haushaltsgeräte von Onkel Eduardo, die mindestens vierzig Jahre alt waren. Emmas Vater hielt heimlich die Wohnung seines Bruders in Schuss, weil sonst der mobile Pflegedienst oder gar ein Altersheim drohten. Beides würde für Onkel Eduardo den sicheren Tod bedeuten. Emma hatte es aufgegeben, Argumente für ein bisschen Entlastung im Alltag aufzuführen. Papa wies sie jedes Mal entrüstet zurück.

Ob sie denn keinerlei Vertrauen in ihn habe?

Heute beschrieb er im Detail, wie er die Ameisen in Onkel Eduardos Küche mit Essig und Zimt vertrieben hatte. Emma verdrehte die Augen und schluckte. Kein Kommentar, Emma.

Zu jedem Telefongespräch mit *papà* gehörten ausführliche Bewertungen von Rezepten, die er nachgekocht hatte: Die Lammracks mit Pistazienkruste waren in Ordnung, aber ohne Pistazien besser, der Rollbraten mit Antipasti-Füllung hingegen schmeckte verblüffend gut. Die pikante Hackfleischpastete misslang – zu kompliziert. Wenn man ihn fragte: alles Chichi-Zeug. Nichts ging über eine einfache Kuttelsuppe. Oder ein Côte de Boeuf vom Grill.

Emma hörte zu und grinste in sich hinein.

Ihr Vater, der Karnivor.

»Das hat sie von mir«, hatte er immer gesagt, wenn sie sich als Kind über alles, was aus Wurst war, hergemacht hatte.

»Wir wissen, was gut ist«, hatte Papa jedes Mal im Restaurant gesagt und ihr zugezwinkert, zwei Mal *bistecca saignant* bestellt und gelacht, wenn Mama klagte, dass sie beide die Familie noch ins Armenhaus essen würden.

»Emma weiß, warum«, hatte Papa sie in Schutz genommen.

Immer dann, wenn sie Entscheidungen traf, die niemandem außer ihr selbst gefielen.

»Du machst das gut«, hatte Papa jedes Mal gesagt, wenn sie einen Satz wie diesen dringend nötig hatte, begleitet jeweils mit einem Klaps auf ihre Wange, der so ungeschickt war, dass Emma ihm verzeihen konnte.

Jetzt verblüffte er sie mit einer Beschreibung von gebackenem Fenchel mit Orangen, in der kein Fleisch vorkam, und hielt zum Schluss einmal mehr ein Plädoyer für seine Lieblingsidee: ein Kochbuch mit Tessiner Rezepten, von Emma zusammengetragen und niedergeschrieben. Er stünde als Testkoch zur Verfügung.

Emma lächelte. Ihr Vater, bester *papà* der Welt. Sie blieb liegen, auch als ihr Vater nach vielen guten Wünschen für sie und Rubio das Gespräch beendet hatte. Ihre Gedanken schweiften zur Observierung vom Samstag zurück, die zum Drama geworden war. Es waren siebenundzwanzig Ehejahre, die von Emmas Aufnahmen des tanzenden Paares vergiftet worden waren. Die Klientin hatte mit weit aufgerissenen Augen den Bericht kommentiert.

Ihr Ehemann traf sich heimlich mit einem Mann? Unmöglich. Nein, niemals.

Die Frau negierte im Schock. Dann übernahm der Zweifel.

Wie lange schon ging das so?

Ein paar Wochen?

Hier hatte die Frau zu flüstern begonnen, als ob der Atem nicht ausreichen würde für die Fragen, die sich gnadenlos aufdrängten.

Traf ihr Mann nur diesen Mann? Oder auch andere Männer?

Seit Monaten? Jahren? Ein Eheleben lang?

Woraus hatten dann die gemeinsamen Jahre bestanden?

Alles Lüge, alles Betrug. Diese Schwuchtel!

Die Ehefrau schrie. Sie tobte. Ihr geballter Zorn traf Emma, die dazu da war, die Hiebe abzufangen. Sie kannte den Ablauf. Er war in Varianten immer derselbe. Wie meist endete auch am Samstagabend der Observierungsauftrag in dem Versuch, die Frau mit Worthülsen zu trösten. Emma hatte die erwachsene Tochter angerufen und sie gebeten, herzufahren und ihrer Mutter beizustehen. Sie hatte gewartet, bis die Tochter übernahm, und war dann erschöpft in ihren VW-Bus gestiegen. Das Schluchzen der Frau hatte sie auf der Heimfahrt begleitet. Nicht die beste Musik konnte es übertönen.

»Signora Tschopp?«

Emma schreckte aus ihren Gedanken hoch. Eine Stimme von draußen, begleitet von Klopfen an die Tür. Emma sah aufs Handy. Nein, sie hatte keinen Termin verpasst. Sie erhob sich, schob den Staubsauger hinter den Kamin und ordnete schnell ihr Haar. Es konnte sich nur um neue Klientel handeln, die vor der Tür stand.

## 16

Auch Daniele Bossart befasste sich mit seiner Klientel, neu war sie allerdings nicht. Es war derselbe Fall, den er bereits am Tag zuvor bearbeitet hatte, in seinem japanischen Garten.

Daniele Bossart war Rechtsanwalt und Notar in einer renommierten Kanzlei mit Standort Lugano, auf deren Website er sich mit den Worten zitieren ließ: »Das Leben beginnt am Ende deiner Komfortzone.« Das war sein Leitspruch, den er jederzeit und gerne verlautbarte. Das Foto über der Aussage zeigte ihn im dunkelblauen Anzug und weißen Hemd, ohne Krawatte. Die Arme hielt er verschränkt, die Rolex war gut sichtbar, das Gesicht angemessen gebräunt. Die silbernen Bartstoppeln wirkten verwegen, aber gepflegt. Ernster Blick, angedeutetes Stirnrunzeln. Ein Mann mit Erfahrung, ein Mann der Tat, einer, der keine Zeit für Krawattenknoten verschwendete. Dass der Mann eine Komfortzone besaß, war offensichtlich. Schon rein äußerlich.

Auch an diesem Montagmorgen trug Daniele Bossart einen Maßanzug, handgefertigte Schuhe, ein weißes Hemd. Er besaß auch hellblaue und gemusterte Hemden, jedes mindestens im Dutzend und vom Feinsten. Für deren Pflege sorgte eine Wäscherei mit Angestellten, die seinen Juristenschweiß aus den Hemden wuschen. Zur Komfortzone von Daniele Bossart gehörten auch Krawatten. Gilets. Smokings. Fliegen für besondere Anlässe, und die gab es für einen *avvocato* wie ihn zuhauf. Auch das, was er unter seinen Maßanzügen trug, war komfortabel. Es entsprach, jede einzelne Merino-Silk-Socke mitgezählt, zwei Monatslöhnen der Frauen, die seine Hemden wuschen. Nichts als Schweizer Qualitätsware auf Daniele Bossarts epilierter Brust. Tragekomfort in Feinripp über Bauch, Gesäß und Gemächt. Seine *Sportswear* war immer *up to date*, funktional und *comfortable*, aber dennoch *stylish*, was sonst. Sie machte seinen Freizeitbereich zum Vergnügen. Ein bisschen Tennis, ein bisschen Joggen zum Entspannen. Ansonsten suchte er die Herausforderung, ausgerüstet mit *hightech*, die Ausstattung jährlich erneuert: Skifahren im Winter, Biken im Sommer, Kitesurfen *all season*. Sofern seine Agenda es zuließ.

Natürlich gehörte eine Ehefrau zur Komfortzone von Daniele Bossart. Sie sorgte seit sechsundzwanzig Jahren für Konstanz in seinem Leben und kreierte Modeschmuck seit drei Monaten. Ihre neuste Marotte, von ihm großzügig finanziert. Weil, na ja, weil er einfach ein großzügiger Mensch war. Zudem waren zwei erwachsene Töchter Bestandteil seiner Komfortzone. Das Beste, was er je erschaffen hatte, wie er in Gesellschaft zu sagen pflegte. Daniele Bossart besaß eine Villa über dem See und ein Apartment für den Urlaub in den Bergen. Vier fette Bankkonten dazu, Anlagen mit Renditen, von denen die jämmerlichen Kleinstanleger mit ihren Investment-Apps nur träumen konnten. Die ganz große Komfortzone im Leben von Daniele Bossart aber war sein Job. Nicht, dass dieser aus Schokolade bestanden hätte. Oh nein. Daniele Bossart investierte zweihundert Prozent in die Kanzlei. Sich selbst ganz und gar: seine schillernde Persönlichkeit, Intelligenz, Lebenserfahrung, Arbeitskraft, tagein, tagaus. *Nine to five* war noch nie sein Ding gewesen. Halbe Sachen und Teilzeitjobs überließ er den Verlierern, Work-Life-Balance den Schwächlingen. All diese Nutznießer, die sich immer mehr breitmachten, ihre Faulheit mit großartigen Theorien tarnten. Daniele Bossarts Kernkompetenz war Steuerberatung von natürlichen und juristischen Personen in der Schweiz und international. Steuerplanung allgemein für Einzelpersonen und Unternehmen. Restrukturierung von Unternehmensgruppen. Was »Restrukturierung von Unternehmensgruppen« bedeutete? Das war noch eine Komfortzone für Daniele Bossart. Der Bedarf war endlos, weil es schweizweit und international sehr viele Personen und Firmen gab, die mehr Komfort wollten, als sie bereits hatten. Deshalb restrukturierten sie. Sie fusionierten und entließen, sie schufen Synergien und schütteten zusätzliche Boni aus. Nur das Beste für die Leistungsträger, die Tonnen von Verantwortung auf ihren Schultern trugen. Wer konnte da besser beraten als Daniele Bossart, der Mann mit Sinn für Optimierung? Die Aufträge stauten sich, die Honorare flossen. Nicht zu vernachlässigen waren die Mandate als Verwaltungsrat in den Holdinggesellschaften und kleinen und mittleren Unternehmen. Sie trugen ebenfalls zum Komfort von Daniele Bossart bei. So weit das Business. Selbstverständlich trugen auch im privaten Leben ein paar »Spielzeuge« – Zitat Bossart – zu seinem Wohlbefinden bei. Dazu gehörten die Rolex Daytona, die Submariner, die Cellini. Seine Harley-Davidson Electra Glide Revival, der Studebaker, das »spanische Mädchen«. Beim spanischen Mädchen handelte es sich um einen Mercedes M 250 SE Cabriolet.

Der Komfort von Daniele Bossart war also multifaktoriell. Addierte man die einzelnen Bestandteile, ergaben sich eine hübsche Anzahl Faktoren, die das Leben von

Daniele Bossart insgesamt zur Komfortzone machten. Den goldenen Löffel im Mund noch nicht mitgezählt, mit dem er zur Welt gekommen war, aber davon war nie die Rede, wenn Daniele Bossart über Daniele Bossart sprach. Er gefiel sich als *self-made man.* Vital, anpackend, aneckend. Der goldene Löffel im Mund: Will heißen, dass seine Eltern als Fabrikantenfamilie bereits mit Komfort gesegnet waren. Deren Eltern waren auch schon Fabrikanten, und so weiter. Dem Bübchen fehlte es an nichts. Weder an Rindsfilet noch an kulturellem Kapital. Daniele wuchs mit fünfzehn Laufmetern Büchern auf. Klavierstunden. Tennisunterricht. Eine Zeit lang musste er ins Fußballtraining, um den Umgang mit Jungs aus anderen sozialen Schichten zu erlernen. Nach der Primarschule ging es ab in ein katholisches Kollegium. Ein bisschen harte Schule für den Buben brauchte es, als Lehre fürs Leben. Danach Studium der Rechtswissenschaften in Freiburg und Oxford, nach ein paar Jahren Praxis dann einen MBA an der Harvard Business School. Daniele Bossart packte sich in seinen Bildungsrucksack Ware, die kaum auserlesener sein konnte.

Apropos auserlesen:

Der Komfort von Daniele Bossarts Weinkeller wäre in der Aufzählung beinahe vergessen gegangen. Im Weinkeller lagerte Gold in Form von roter Flüssigkeit, zweihundert Franken die Flasche im Minimum. Von da an gings in astronomische Höhen. Reihenweise Rotwein, den die Zeit in immer kostbarere Substanz verwandelte.

Aber die Geldanlage war nur das eine. Es ging um den Genuss. Rotwein war ein Fest für die Sinne, dozierte Daniele Bossart und beschrieb seinen Kollegen die Bouquets, die seine Zungenknospen zum Explodieren brachten. Exorbitant.

Aber das alles zählte ja nicht für Daniele Bossart. Für ihn begann das Leben erst – wann genau?

Richtig.

Am Ende seiner Komfortzone.

# 17

An diesem Montagmorgen ging Daniele Bossart federnden Schrittes über die glänzenden Fliesen der renommierten Kanzlei am Standort Lugano. Wie er den Sound seiner handgefertigten Schuhe liebte. Wie ihn das energische »Klackklack« auf weißem Marmor vitalisierte. Die Wände waren cremefarben. Cremefarben empfing auch das großzügige Desk die Klientel am Standort Lugano. Das Gesamtkonzept der Gestaltung der Räume sorgte für Leichtigkeit. Da hatte Daniele Bossart ein Wörtchen mitgeredet. Vorbei waren die Zeiten, in denen Teppiche die Eintretenden verschlangen. Zartgrün breitete sich hinter dem Empfangsdesk die *site-specific installation* eines internationalen Künstlers aus, dessen Namen Daniele Bossart wieder entfallen war. Bei der Auswahl des Werks für den Empfangsbereich hatte er direktiv werden müssen. Nicht dass ihm das schwerfallen würde, aber *state of the art-leadership* entsprach es nicht. Die Innenarchitektin hatte auf der künstlerischen Position eines lokalen Malers beharrt, die dem Standort Lugano einen individuellen Touch verleihen würde. »Position«, welch lächerlicher Begriff für dieses Stück bemalte Leinwand. Es handelte sich schlicht um ein Bild. Ein abgrundtief schlechtes Bild. Daniele Bossart hatte geschluckt, was ihm auf der Zunge lag. Sollte die Innenarchitektin sich vom lokalen Künstler weiterhin vögeln lassen. Sollte sie doch jede erdenkliche *Position* über sich ergehen lassen. Aber ohne Daniele Bossart.

»Klackklackklack.« Der Sound ertönte in den Hallen, die ihm heilig waren. Daniele Bossarts Schritte übertönten die Stimme der neuen Assistentin, deren Namen er sich nicht merken konnte. Die Frau hatte kommunikative *skills* und ein gutes Einfühlungsvermögen, *on top* zu den Kompetenzen, die sie für Korrespondenz und Protokollführung brauchte, aber die Stimme gefiel ihm dennoch nicht. Als letzthin eine Kollegin – er nannte sie nur die Heulsuse – wieder einmal rumheulte, sorgte die Neue blitzschnell für Ruhe. Was an ein Wunder grenzte, wie Daniele Bossart zugeben musste. Wenn es nach ihm ginge, wäre die Heulsuse schon längst nicht mehr da, aber einer der Senior Partner vom Standort Zürich hielt seine schützende Hand über sie. Ein scharfer Hund – haha, »scharf« war in dem Fall ein Volltreffer. Mit einem solchen Hund legte sich Daniele Bossart nicht an. Nicht wegen einer Heulsuse. *Chose your battles*, war eine seiner Devisen. Daniele Bossart focht seine Kämpfe auf internationalem Parkett aus, da mussten Bagatellen wie weinende, hormongesteuerte Weiber außen vor bleiben. Eine zu Hause reichte. Aber Daniele Bossart hütete sich selbstverständlich, solche Aussagen öffentlich zu machen. Alles, was einmal normal gewesen war, war heutzutage mit einem Verbot belegt. Worte wurden auf die Goldwaage gelegt, selbst ernannte Richter sprachen Urteile. Der Wahnsinn ging um. Schlucken und Schweigen war angesagt. Daniele Bossart bot diesen Überwachern keine Angriffsfläche. Lächeln und vorbeiziehen lassen. Das war seine Devise. Es war nur eine Frage der Zeit, bis das Pendel wieder zurückschwingen würde.

Daniele Bossart hatte jetzt die Tür zum Sitzungszimmer erreicht, hielt inne. Fokussierte kurz. Eine Technik, die wirklich ein Gewinn war. Gut investierte Zeit. Sein Blick fiel auf seine gebräunte Hand, die bereits auf der Klinke lag. Sonnenbraun vom Sport im Freien, nicht etwa vom Solarium, und ohne Altersflecken. Kräftige Finger. Zupackend. Trainiert wie sein ganzer Körper. Puls, Blutdruck, Prostatawert, Hämoglobin: alles optimal. Daniele Bossart war ausgesprochen gesund für seine neunundfünfzig Jahre. Vor ihm lagen noch etliche Berufsjahre als Senior – ein Anwalt arbeitete bekanntlich über die Pensionierung hinaus für seine Kanzlei, bis er dort tot umfiel, haha – und ein erfülltes Privatleben.

Na ja, im privaten Bereich blieb die Gattin eine *challenge*, aber er hatte noch einen Pfeil im Köcher. Mehrgleisig fahren gereichte nie zum Schaden, im Gegenteil.

Ja, Daniele Bossart hatte gute Aussichten, in diesem Augenblick, als er auf dem Weg ins Sitzungszimmer seine starke Hand fokussierte. Wenn ihm jemand prophezeit hätte, dass ihm noch zwei Tage zu leben blieben, hätte er laut gelacht.

*Self-made man* Daniele Bossart von einem Tag auf den anderen aus dem blühenden Leben gerissen. Ein Witz, haha!

Daniele Bossart hätte sein Glas mit einem Deziliter rotem Gold erhoben und einen Toast ausgesprochen auf das Leben, das am Ende seiner Komfortzone begann.

## 18

Die Mörderpuppe Nummer 5 fuhr in der Eisenbahn mit. Sie besetzte einen ganzen Wagen im Zug, der dazu da war, Kinder und ihre Eltern durch das Museum Swissminiatur zu fahren. Die Puppe lag mehr, als dass sie saß, und starrte aus schwarz aufgemalten Augen in den Himmel über Melide. Bruno Costa stand auf dem kurz getrimmten Rasen und rang um Fassung. Die Swissminiatur geschändet! Das größte Miniatur-Freiluftmuseum der Schweiz, am Ufer des Luganersees gelegen, von einer beeindruckenden Bergkulisse umgeben. Tradition seit 1959, von über 200 000 Gästen pro Jahr besucht! Da waren Schlösser, historische Bauten, Kirchen, Kathedralen, rustikale Häuser, Eisenbahnen, Seen und das Matterhorn, alles im Maßstab eins zu fünfundzwanzig. 129 Modelle auf 14 000 Quadratmetern, ein Eisenbahnnetz mit 3500 Metern Geleisen und achtzehn Zügen, 1500 verschiedene Pflanzen – und nichts davon war ihm heilig, diesem Saboteur. Bruno Costa löste den Blick von der ekelhaften Puppe und ließ ihn über die Anlage schweifen. Schloss Rapperswil, Schloss Chillon, die Burgen von Bellinzona, das Bundeshaus in Bern, jedes Monument im Detail rekonstruiert. Die Piazza Grande in Locarno, mit Stühlen ausgestattet, bereit für das Filmfestival. Und der Flughafen Zürich-Kloten! Dorthin hatte er seine Eltern immer als Erstes gezerrt, als Kind, wenn sie wieder einmal seinen Lieblingsausflug machten. Er hatte die glänzenden Flugzeuge bewundert, die startklar in einer Reihe standen. Erst danach hatte er sich den Zügen zugewandt, die über Brücken und durch Tunnel fuhren und an den Miniaturbahnhöfen anhielten. Er hatte den Schiffen zugeschaut, die Seen überquerten, er hatte Seilbahnen über Berge schweben sehen. Und die Autos auf den Schnellstraßen! Bruno Costa wischte sich hastig eine Träne aus dem Augenwinkel. *Porca miseria!* Er würde den Mann fassen und ihm mit diesen verdammten Puppen das Maul stopfen. Er würde ihn jede Einzelne zerkauen lassen. Bis der Kerl um Gnade winselte. Bis er die Zelle herbeisehnte, in der er seine Strafe verbüßen und darüber nachdenken durfte, welch perverses Schwein einer sein musste, um das hier den Menschen im Mendrisiotto im Allgemeinen und Bruno Costa im Besonderen anzutun.

# 19

»Fundort Nummer 5: Swissminiatur.« Emma saß über ihren Gartentisch gebeugt und platzierte den fünften roten Klebepunkt auf der Landkarte. Sie stupste Frena an, die kichernd neben ihr saß. »Lachst du mich etwa aus?«

»Klebepunkte!« Frena hatte sich an ihrem Kaffee verschluckt und ließ sich von Emma auf den Rücken klopfen, bis sie wieder reden konnte. »Wie altmodisch bist du denn?«

Emma liebte Klebepunkte. Sie mochte das Gefühl, wenn die Dingerchen sich widerstandslos von der Folie lösten, auf der sie vor Gebrauch hafteten. Die Herausforderung, den klebrigen Punkt von der Fingerspitze wieder zu lösen und an korrekter Stelle zu platzieren. Emma pfiff auf digitale Technologie, die bloß noch Tippen und Wischen erlaubte, auf den immer gleichen glatten Flächen. Tippen, Wischen, Wischen, Tippen. Bilderreigen, die schwindlig machten. Unendlich lange Warteschlaufen, bis Inhalte generiert waren. Und immer begleitet von Fehlermeldungen, die dazu da waren, User zu quälen. All diese Kennwörter, Passwörter, Log-ins und Cookies brachten Emma in Rage. Andauernd wurden Zeichenkombinationen verlangt. Wenn Emma eine eintippte, war sie falsch, und die korrekte war Emma entfallen. Fehlermeldung über Fehlermeldung, jeder Versuch ein Scheitern. Aus dem Grund liebte Emma Papier, Papier über alles. Papier war geduldig. Stifte und Klebepunkte ebenso. Niemand verlangte Passwörter, keiner sperrte das Konto. Deshalb mochte Emma auch Landkarten, Wanderkarten, Fahrradkarten, Atlanten: jederzeit frei zugänglich. Emma faltete sie auf und wieder zu. Wendete Seite um Seite, freute sich über jedes Lesebändchen, das sie dazwischen legen konnte. Sie atmete den zwiespältigen Geruch von Bibliotheken und fremden Fingern ein, der manchmal am Gebrauchten haftete, genoss den Frischeduft einer neu gekauften Karte. Manchmal mühte sie sich damit ab, eine riesige Karte wieder zusammenzufalten, sodass diese sich aneinanderschmiegte, nicht auf Biegen und Brechen. Sie fuhr den Wegen, die sie zurücklegen wollte, mit dem Zeigefinger nach. Sie erlaubte sich ab und zu eine Spur mit dem Bleistift. Nebenbei konstatierte sie mit Bedauern, wie ihre Sehschärfe abnahm, von Wandersaison zu Wandersaison. Manchmal vermisste sie es, mit zwei Fingern die Topografie wie auf Screens zu vergrößern. Aber das nahm sie in Kauf, ebenso, wie sie rundum belächelt wurde. Wie sehr sie aus der Zeit gefallen war. Unflexibel. Stur. Lernunfähig. Eine Verweigerin sogar. Emma nickte bloß dazu und hörte weg. Einzig Frena vermochte sie zu nerven. Frena gab sich sehr fortschrittlich. Sie zelebrierte den Wandel, den sie vollzogen hatte: Von der Skeptikerin zum Fan von digitalen Möglichkeiten. Zu Beginn ihrer Arbeitsgemeinschaft in der Casa Rubio hatte sie noch versucht, Emma von dieser oder jener Anwendung zu überzeugen, hatte ihr ausführlich die neusten Apps erklärt. Mittlerweile beschränkte sich Frena darauf zu feixen, so wie jetzt, als Emma einen weiteren Klebepunkt von seiner Unterlage löste. Diesmal in Grün, nicht in Rot.

»Das ist eine Vermutung«, sagte Emma, während sie den Punkt auf die Karte klebte. »Hier wird Fundort Nummer 6 sein.«

»In Morcote?« Frenas Lächeln war verschwunden. Mit

großen Augen sah sie Emma an. »Du denkst, dass es weitergeht mit den Mörderpuppen? Ausgerechnet in Morcote?«

Emma antwortete nicht. Sie mühte sich mit einem weiteren grünen Klebepunkt ab, als es an ihrer Tür klopfte. Schon wieder neue Klientel, die ihre Dienstleistung benötigte? Unangekündigt, nach 17 Uhr?

»Oh!«, rief Frena und schoss von ihrem Stuhl hoch. »Schon so spät! Das muss mein Gast sein. Den habe ich vergessen.«

Sie rannte los und rief über die Schulter: »Du isst mit, Emma! Das ist ein Befehl!«

Bevor Emma protestieren konnte, war Frena im Haus, eilte am Cheminée vorbei und riss Emmas Haustür auf: »Willkommen, ihr zwei! Es gibt Semmelknödel für uns alle!«

Emma schüttelte noch immer den Kopf, als Rubio in den Garten geschossen kam und sich schwanzwedelnd gegen sie warf, bis sie vom Stuhl kippte. Sie wehrte Rubios Zunge mit den Händen vom Gesicht ab. Wenn sie zwischen den Fingern durchblinzelte, sah sie Marco in der Tür zum Garten stehen. Emma schalt ihr Herz, das einen kleinen Sprung gemacht hatte, als sie ihn vorhin draußen mit Frena reden hörte.

Es war ein dummes Herz, das da in ihr drin klopfte.

## 20

Rubio freute sich. Er tänzelte um Emma herum. Er wedelte so begeistert mit dem Schwanz, dass sein ganzes Hinterteil rotierte. Er schnappte japsend nach Luft und nahm sich sanft, was er zwischen die Zähne kriegen konnte. Nahm knurrend neuen Anlauf. Zog die Lefzen zurück, dass es zum Fürchten war. Er schlabberte sein Frauchen vom Scheitel bis zur Sohle ab. Rubio liebte Emma. Und wie er sie liebte. Ganze zwei Tage lang hatte er sie nicht mehr gesehen, wobei »sehen« Rubios Wahrnehmung ungenau fasste. Rubio hatte kein Bild von Emma. Er konnte ihre violette Trainingsjacke nicht erkennen, die sie seit Jahren begleitete, die braunen Locken mit Silberfäden, nie in Form gebracht, das runde Gesicht mit den vielen Fältchen um die Augen. Ein weicher Körper, der davon erzählte, was Emma gern mochte: Pasta und Rotwein, Entrecôte mit Kräuterbutter, viel französisches Dressing zum Salat, Pommes Allumettes, Würste weiß oder pikant, Blauschimmelkäse. Alles in edle Fettpölsterchen verwandelt, besonders am Bauch und an den Hüften, etwas unbeholfen mit Kleidung kaschiert. All das kümmerte Rubio nicht. Er umrundete auch gelassen die Bücherberge und schmutzigen Kaffeetassen beim Kamin. Emma roch fein, das reichte. Und zwar überall, von innen her. Alles an ihr war Weide und Wild, in tausend Nuancen stieg sie ihm in die Nase, durch und durch gut. Zudem kam von Emma, was Rubio lieb und teuer war: Ein getrocknetes Schweineohr, wenn er sich artig gab, Rindermagen als

Snack für die Verdauung, ein Hammer-Biskuit nach der letzten Abendrunde. Endlose Streicheleinheiten erhielt er geschenkt. Kraulen am Hals. Lange Spaziergänge. Sein tägliches Brot. Es wurde in Form von eingeweichtem Trockenfutter gereicht. Es war Rubio ein Vergnügen, die köstlich pampige Masse möglichst schnell zu verschlingen, und wenn Emma ihm dabei zusah, schmeckte es noch besser. Die Tupperware leckte er so lange aus, bis garantiert nichts mehr da war außer sein eigener Speichel. Verschwendung lag Rubio fern. Emmas Gaben ergänzte er mit dem, was er in der freien Wildbahn auftreiben konnte. Aber die Region hier vermochte ihn nach wie vor nicht zu überzeugen. Im Sommer verbrannten staubige Straßenränder seine Nase, im Herbst quälten ihn Wälder voller stachliger Schalen und Rebstöcke in endlosen Reihen, die giftig rochen. Auf den Wiesen sprangen ihn Heuschrecken an, groß wie Spatzen. Von den Hündinnen nicht zu reden. Wie die hier die Nase hochtrugen! Tapfer hatte sich Rubio durch die Jahreszeiten gebissen: ausgedörrte Gräser und bittere Kastanien, eine zähe Ratte ab und an. Wie gerne würde er wieder einmal eine fette Baselbieter Maus jagen. Er träumte von der Hofstatt hinter dem Bauernhaus in Arisdorf, wo er ein und aus gehen konnte, wie er wollte. Noch immer sehnte er sich nach dem weichen Teppich in Emmas Wohnzimmer, seinem Platz in der warmen Küche. Dort war er daheim. Da konnte Emma noch lange auf seine Löcherdecke zeigen, die nun auf kalten Fliesen aus Ton neben einem Cheminée lag. Ihm gut zureden mit ihrer lieben Stimme. Auch die getrockneten Schweineohren extra, die sie bereits dort platziert hatte, vermochten seine Sehnsucht nicht zu besänftigen.

## 21

Aus, Rubio!« Emma erhob sich, klopfte den Gartenstaub von der Hose und sagte: »Du bist einen Tag zu früh, Commissario.« Und als er zu einer Erklärung ansetzte: »Aber wenn du jetzt schon hier bist«, sie deutete zum Tisch hinüber, »ich habe da eine Theorie zu besprechen.«

Marco war mit ein paar Schritten dort und beugte sich über die Karte. Er verharrte einen Augenblick, dann schaute er zu ihr zurück.

»Das sehe ich auch so. Morcote wird Fundort Nummer 6.« Er deutete auf die Folie mit den grünen Klebepunkten. »Darf ich?«

Emma sah zu, wie er einen Punkt ablöste. »Für die Mörderpuppe Nummer 7?«, fragte sie.

Marco balancierte den grünen Punkt auf seiner Fingerspitze. »Ich habe eine Idee, wo sie gefunden wird.«

»Nur zu. Ich auch.«

»Auf drei?«, fragte Marco. »Eins, zwei, drei …«

»Brusino Funivia!«, riefen beide gleichzeitig.

Marco platzierte den grünen Punkt an der Schiffsanlegestelle »Brusino Funivia«, die gegenüber von Morcote am Lago di Lugano lag. Ein paar Schritte entfernt befand sich die Talstation der Seilbahn nach Serpiano, von wo es zu Fuß weiter zum Monte San Giorgio ging, UNESCO-Weltnaturerbe und Hausberg von Meride. In Meride hatten sich Emma und Marco vor drei Jahren und drei Monaten kennengelernt, weil dort in der Pastafabrik eine tote

Baselbieterin im Kühlraum lag: der erste Fall für Tschopp und Bianchi.

»Es geht also weiter«, sagte Emma und fühlte ihre Wangen warm werden. Marco lächelte das Lächeln, das ihr so vertraut war, sich aber bloß um die Augen ausbreitete. Der Mund blieb ernst.

»Mit den Mörderpuppen«, fügte sie rasch hinzu.

Aber das ging im Lärm von Frena unter, die ihre Gäste mit energischem Klopfen zum Abendessen bat.

## 22

Frena war glücklich. Ihre Semmelknödel wurden ausreichend gelobt und mit Genuss gegessen. Bestimmt hatte der arme Marco seit Wochen nichts Rechtes mehr auf den Tisch bekommen. Von wem auch? Er lebte ohne Frau, und seine Tochter war mit Sicherheit keine, die den Kochlöffel in die Hand nahm. Außerdem wohnte sie nicht bei ihm, sondern bei der Mutter. Vielleicht war die Tochter auch längst ausgezogen. Frena wusste nicht viel über Marcos Familienverhältnisse. Jedes Mal, wenn sie von Emma mehr erfahren wollte, scheiterte sie.

»Frag ihn selbst«, war das Einzige, was Emma dazu zu sagen hatte.

Genau das hatte sich Frena für heute Abend vorgenommen. Heute würde sie Marco fragen. Vielleicht nicht so direkt, wie es ihr zuvorderst auf der Zunge lag. Aber ein bisschen auf den Zahn fühlen würde sie dem Commissario, das Gespräch auf seine Freizeitgestaltung lenken. Auf das, was er gerne tat. Er liebte Pflanzen, das wusste sie. Aber es musste doch noch mehr geben im Leben des Commissario als wilde Orchideen. Ob er Freunde hatte, würde sie fragen. Von den Freunden würde sie das Gespräch beiläufig Richtung Familie lenken. Zu einzelnen Angehörigen. Zur Tochter. Zur Ex-Frau, die ihn offenbar verlassen hatte. Einen Mann wie diesen zu verlassen! Diese Ex musste nicht ganz bei Trost sein, in allen Belangen. Frena schüttelte den Kopf und bemühte sich, wieder dem Gespräch zwischen Marco und Emma zu folgen. Die beiden hatten Emmas Karte mit dem Lago di Lugano mitgebracht, die nun auf der großen blitzenden Chromstahlfläche in Frenas Reich ausgebreitet lag. Frenas Reich war die große Küche, in der früher mittelmäßige Standard-Menüs für die Grotto-Gäste gekocht wurden. Jetzt kreierte Frena dort gesunde Kost für die Kundschaft der Casa Rubio. Gemeinsam mit ihrem wöchentlich wechselnden Küchen-Kinder-Team entwarf sie abenteuerliche Kompositionen, jahreszeitenabhängig, weil hier saisongerecht gekocht wurde. Jetzt im September mussten die Pilze verarbeitet werden, die Frena mit den Kindern sammelte. Stolz präsentierte das Küchenteam täglich seine Funde, während manche Kinder insgeheim die Augen verdrehten in Vorahnung dessen, was sie erwartete: endlose Variationen von Omelette mit Pilzen, Pilzrisotto bis Pizza und Pasta mit Pilzen, Pilzburger und Pilzhotdog, diverse Salate mit Pilzen. Später im Herbst waren dann Edelkastanien Trumpf, von den Kindern tonnenweise auf Ausflügen gesammelt. Der Drucker in Frenas kleinem Büro im Dachgeschoss der Casa Rubio spuckte kindgerechte Kochanleitungen aus: Marronimousse, Marronikuchen, Marronisuppe, Marronimuffins, Marronipralinen, Marronibrot. Gemüsesuppe hingegen war ganzjährlich ein Renner, manchmal serviert mit Wiener Würstchen, extra für jene, die einfach nicht ohne konnten. Ein großzügiges Zugeständnis, wie Frena betonte, weil Fleischessen nun mal so etwas von out war. In Frenas Reich herrschte das Gemüse. Frena vermittelte die Handhabung von Spiralschneidern, bis die Kinder aus Zucchini Spaghetti zaubern konnten, und stach mit ihnen Herzen und Elche aus Gurkenscheiben aus.

»Gesundes unterjubeln«, war Frenas Motto. »Alter Trick.«

Überhaupt war Frenas Trickkiste gut gefüllt. Hier wurden die Schätze eines langen Lebens gespeichert. Wein war zum Beispiel ein Hilfsmittel, das in diversen Situationen diente. Das einfachste Mittel überhaupt, fand Frena. Jetzt jedenfalls würde sie sich vom Stuhl erheben, auf dem sie bereits ein bisschen schwer saß, und nochmals zum Rotweinlager gehen. Dort würde sie einen Rotwein aus der Tenuta Castello di Morcote hervorholen, ihn öffnen, Marco und Emma unbemerkt großzügig nachschenken.

»Lieber Marco!«, würde sie nach dem Dessert rufen, wenn er zum Aufbruch bereit war. »Hast du die Gläser mit Wein gezählt, die du intus hast?«

Frena würde ihm die Rechnung präsentieren und ihm vorhalten, dass ein verantwortungsvoller Mann wie Marco sich nicht mehr hinters Steuer setzte. Und was dann? Dann saß Marco in der Casa Rubio fest. Frena kicherte vor sich hin, während sie den Flaschenöffner in den Korken drehte.

»Ihr Lieben«, würde sie sagen und Emma, Marco und Rubio aus der Küche bugsieren. »Ich wünsche euch eine gute Nacht.«

Morgen früh würde sie *panini* aufbacken und Cappuccino zubereiten, mit einem Extra-Berg aus Milchschaum. Sie würde dabei aus dem Fenster schauen und sehen, wie der verschlafene Commissario sich von Rubio an der Leine zurück ins Haus führen ließ. Danach würde er bei ihr hier in der Küche sitzen und Kaffee trinken, und Frena würde ihm alle Fragen stellen, die jetzt keinen Platz fanden. Denn es schien so, als ließen sich Emma und Marco heute Abend nicht mehr von ihrem Thema abbringen: vom Muster, dem die Mörderpuppen folgten. Den Mutmaßungen dazu, welche Absicht sich dahinter verbarg. Was hinter dem Party-Gag steckte. Da war mehr als alte Zeitungen, in Stücke gerissen und zerknüllt. Frena lief ein kalter Schauer über den Rücken, als sich der Korken mit einem Ploppen aus dem Flaschenhals löste. Da führte jemand einen Plan aus. Keinen Scherz.

## 23

Marco Bianchi ließ sich von Frena überreden. Ein Glas ging noch. Der Wein schmeckte wunderbar, und das Glas in Gesellschaft bereitete ihm Freude. Jenes Glas Rotwein, das er sich jeweils abends allein auf dem Sofa gönnte, war nicht halb so gut. Frenas Semmelknödel wärmten seinen Magen. Semmelknödel hatte er vor vielen Jahren zum letzten Mal gegessen, in einem Biergarten in Bozen. Bei der ersten Gabel, die er sich vorhin in den Mund geschoben hatte, sah er das rot-weiß-karierte Tischtuch vor sich, spürte die klebrige Menükarte zwischen den Fingern. Auf Wunsch von Helen saßen sie dort, umgeben von johlenden deutschen Touristen, sie hatte typisch südtirolerisch essen wollen. Helens Wunsch war er nachgekommen, wie immer. Auch wenn ihm bereits unter dem bunten Schild unwohl wurde, das den Eingang zum Biergarten überspannte. Marco mochte Fröhlichkeit nicht, die mit einer Unmenge von fremden Menschen geteilt werden musste. Noch weniger ertrug er sie, wenn sie von Soundanlagen und singenden Tischnachbarn aufgedrängt wurde. Sei fröhlich!, brüllte alles um ihn herum. Schuppiduppi eieiei!

Sei kein Griesgram!

Marco hatte die Knödel still hinuntergewürgt. Ab und zu hatte er einen Kontrollblick in das Gesicht seiner Frau geworfen und gesehen, was er kannte: Ihre Besorgnis darüber, dass ihm ihretwegen unwohl war. Ihr Wunsch hatte ihn in diese Situation getrieben, jetzt fühlte sie sich schuldig. Mit jedem Blick zu ihr stellte er fest, dass sich die vertraute Reihenfolge abspielte. Er konnte ihr Gesicht lesen, besser als Buchstabenfolgen. Buchstabenfolgen hatten keine Konsequenzen für ihn, im Unterschied zu Helens Gefühlen. Helen wurde wütend, wie immer, wenn sie sich die Freude nehmen ließ. Aber ihre Wut äußerte Helen nie. Die Wut wurde umgehend in Enttäuschung verwandelt. Enttäuschungswände wurden errichtet. Zuerst über Stunden, mit den Jahren über Tage und Wochen. Die Wände bestanden aus Schweigen und Blicken, die knapp an Marco vorbeigerichtet waren. Manchmal traf ihn ein Blick aus Versehen, dann zuckte Marco erschrocken zusammen. Die Knöchel hätte er sich blutig geschlagen, wenn es dazu beigetragen hätte, diese Wände niederzureißen. Aber er stieß in luftleeren Raum, brachte bloß sich selbst zu Fall. Seine Frau ließ ihn zurück und verließ einmal mehr wortlos die Wohnung. Hie und da unterbrach sie das Schweigen mit ein paar Sätzen. Verständigung im Alltag, wenn sie zwingend notwendig war. Kühle Worte. Sie ließen ihn jedes Mal den Mut verlieren, den er still für sich wieder gefasst hatte. Es musste doch Wege geben. Die Liebe war doch da.

Und das gemeinsame Kind.

Wenn Marco an die Tochter dachte, stand er alles besser durch. Kalte Stunden, Tage, Wochen und Jahre hatte er verbracht, die Schultern hochgezogen, den Blick auf das gerichtet, was im Alltag gerade anstand. Kindererziehung, Erwerbstätigkeit, Auto waschen, Geschirrspüler ausräumen.

»*Salute*, Marco.«

Frena streckte ihm ihr Glas entgegen und lächelte. Ihr roter Haarturm leuchtete im Flackern der unzähligen Kerzen, die die Küche erhellten. Wie froh er war, hier in der Casa Rubio und nicht im Biergarten in Bozen zu sitzen.

»*Salute*, Frena.« Marco stieß mit Frena an, hob dann sein Glas Richtung Emma. »*Salute*, Emma.«

Welch ein Glück er hatte, mit dieser ehemaligen Baselbieter Polizistin zusammenzuarbeiten. Sie würde ihre Wut niemals in eine Wand des Schweigens verwandeln.

»Vergiss es!«, hatte Emma am Tag nach diesem schrecklichen Abendessen gebrüllt. »Vergiss uns!« Sie hatte die Arme auseinandergerissen. »*So* viel Verachtung! Dagegen komme ich nicht an. Niemals! Und du hast nichts dagegengehalten, Commissario. Du hast dumm geglotzt und geschwiegen!«

Ja, er hatte dumm geglotzt und geschwiegen. Er hatte der Ungehörigkeit seiner Tochter kein einziges Wort entgegengesetzt. Und auch am Tag danach schaffte er bloß ein Plädoyer dafür, die Aussagen seiner Tochter einzuordnen. Aus ihnen sprach nicht etwa Bosheit, sondern die Angst, ihren Vater zu verlieren.

»Angst!«, hatte Emma gerufen, und ihr waren Tränen übers Gesicht gelaufen. »Ja, es ist Angst! Bosheit wäre einfacher für mich. Bosheit kann ich etwas entgegensetzen.« Sie wischte die Tränen weg. »Damit kenne ich mich aus. Aber mit der Angst einer Tochter nicht.« Ihre Stimme war nun ruhig, unheimlich ruhig. »Deine Tochter wird Gift spritzen, Commissario. Sie wird ihre Dosis täglich erhöhen, bis sie mich vertrieben hat. Und tief in dir drin weißt du es. Aber nicht mit mir, Marco. Ich gebe auf, und zwar jetzt. Aus, fertig.«

Aus, fertig. Auch jetzt wieder schlugen ihre Worte gegen seine Ohren, begannen im Hirn zu kreisen. Er griff zum Glas. Frena beobachtete ihn, er spürte es. Längst hatte er ihre Strategie durchschaut. Diesen Gefallen tat er ihr gerne. Er nahm einen extragroßen Schluck, und dann gleich noch einen.

## 24

Der gemeinsame Abend in Frenas Küche endete damit, dass Marco Emma half, die Karte zusammenzufalten. Sie teilten die Idee, dass die Fundorte der Mörderpuppen einer Rundfahrt auf dem Luganer See folgte, die im Angebot der Società Navigazione war: der Magic Tour. Sie hatten jede Station der Tour markiert.

1. Lugano
2. Paradiso
3. Cantine di Gandria
4. Gandria
5. Melide
6. Morcote
7. Brusino Funivia
8. Paradiso
9. Lugano

Rote Punkte für eins bis fünf, da, wo bisher Mörderpuppen gefunden worden waren. Grüne Punkte für sechs bis neun, wo gemäß ihrer Theorie weitere Puppen auftauchen sollten. Uneinig waren sie sich darüber, wie das Ganze zu erklären war. Emma interpretierte die Reihe als schaurige Prozession eines angekündigten Mordes, der an der Station Nummer 9 vollzogen werden würde: in Lugano.

Tatwaffe: ein Messer.

Eine etwas simple Interpretation, wie Emma zugab. Für die schwarze Katze fehlte ihr eine Erklärung, außer dass sie eine Drohgebärde war. Marco deutete die Puppen als Mittel, wachsendes Unbehagen zu verbreiten, und zweifelte daran, dass der Puppenreigen an der Station Nummer 9 endete. Für ihn waren weitere Inszenierungen denkbar, in immer neuen Settings. Angst und Schrecken sollten umgehen. Er stellte sich menschenleere Schiffe vor. Reisebusse, die das Mendrisiotto fluchtartig verließen.

Emma fand, dass Marco wie ein Tourismusdirektor redete, der sich um künftige Gewinne sorgte. Sie wollte wissen, was jemanden dazu trieb, so zu handeln.

»*Warum*, Marco?«, rief sie, die Wangen erhitzt vom Wein und den Diskussionen. »Wie kommt jemand auf so etwas?«

An dieser Frage scheiterten sie gemeinsam. Losgelöst von Motivation und Wirkung sprachen sie dem Menschen aber eine gewisse Cleverness zu, der bisher unbemerkt solche Szenarien schuf. Emma schlug vor, dem amtierenden Commissario im Commissariato Lugano ihre Unterstützung in Form eines gut bezahlten Mandats anzubieten, was jedoch nicht ganz ernst gemeint war. Sie stellte sich Bruno Costa angesichts von ausgestopften Stoffpuppen vor, die wie eine Zombiearmee in seinen Zuständigkeitsbereich eindrangen. Sie warf sich in Denkerpose, raufte fluchend die Haare, kickte mit Fußtritten gegen das imaginäre Böse. Marco verkniff sich das Lachen. Niemals würde er einen ehemaligen Mitarbeiter verspotten. Marco Bianchi, korrekt wie immer. Emma kicherte immer noch vor sich hin, als sie ins Dachzelt ihres VW-Busses hochkletterte. Das war ihr Schlafzimmer für heute Nacht. Weil in ihrem Bett ein betrunkener Ex-Commissario lag, von Rubio bewacht.

# 25

In der Nacht von Montag auf Dienstag stieg die Anzahl von Katzenfilmchen in den sozialen Medien sprunghaft an. Katzen trendeten immer schon. Aber was jetzt abging, brachte sogar Social-Media-Strateginnen zum Staunen. Kampagnenleiter wurden gelb vor Neid ob der Viralität, die User überboten sich in ihren Phantasien. Wohin man klickte: Schwarze Katzen machten sich auf dem Bildschirm breit. Egal, ob echte Tiere aus Fleisch und Blut, von Menschenhand erschaffene, von künstlicher Intelligenz generierte. Jedem Beitrag war Blut beigemischt. Manche kamen mit ein paar Tropfen aus, in vielen Beiträgen konnte man im Blut baden. Dem Einsatz von Messern wurden keine Grenzen gesetzt, weder gestalterische noch ethisch-moralische. Für jeden Geschmack war etwas dabei. Von putzig süß bis pervers, schwarzhumorig, sauglatt, dumm. Illegal. Urheberrechte wurden verletzt, es wurde gehetzt und diskriminiert in Bild und Wort. Und missbraucht. Die *Content Moderators* hatten zu tun.

# 26

Am Dienstagmorgen gingen Meldungen aus der besorgten Bevölkerung beim Commissariato Lugano ein.

Überall wurden schwarze Katzen gesehen.

Der Mitarbeiter von Bruno Costa notierte, beschwichtigte, riet zur Ruhe.

Bruno Costa verfolgte seine Spur. Er hatte den richtigen Riecher gehabt. Bei seinen Recherchen war er auf ein paar sehr interessante Ereignisse in der Geschichte der Società Navigazione del Lago di Lugano gestoßen. Aber aktuell gab es nichts zu kommunizieren.

*Basta.*

Hatte die Polizei je zu laufenden Ermittlungen etwas kommuniziert?

Eben.

Bruno Costa tat nichts, das die Ermittlung gefährdete. Ein Profi wie er arbeitete still im Hintergrund und trat erst an die Öffentlichkeit, wenn der Zeitpunkt richtig war.

»*Basta!*«, rief er nochmals in sein Handy und beendete den Anruf.

Diese Journalisten waren wie Schmeißfliegen, mit Leckrüssel anstelle eines Mundes. Was sie damit betrieben, konnte sich jeder selbst vorstellen. Mit Scheiße hatte es jedenfalls immer zu tun. Unabhängig davon, ob sie den Rüssel zum Saugen oder Absondern einsetzten.

# 27

In Lugano Centro lenkte Daniele Bossart sein spanisches Mädchen durch den Morgenverkehr. Er hatte das Zeitfenster für die Anfahrt verpasst, in dem das Verkehrsaufkommen noch gering war, und ärgerte sich. Die Gattin hatte heute früh einen Auftritt hingelegt. Bühnenreif, nach wie vor, das gab er gerne zu. Was ihn aber früher fasziniert hatte, kostete ihn jetzt bloß noch Zeit. Jegliches Überraschungsmoment war vorbei. Jede Inszenierung der Gattin eine Kopie der vorhergehenden, epigonal, bloß noch um ein paar Variationen ergänzt. Immer dasselbe Drama, immer in drei Akten.

Erster Akt

Personen: Daniele Bossart, die Ehefrau

*Küche in der Villa Bossart*

Daniele Bossart genießt den inneren Frieden beim zweiten Espresso schwarz, vitalisiert nach einer Meditation und einer kalten Regendusche. Unerwartet stürmt die Gattin herein, von ihren beiden kläffenden Zwergpinschern verfolgt. Die Gattin hat Panda-Augen, also dunkle Ringe unter den Augen. Sie scheut wasserfeste Wimperntusche, wäscht sich aber die nicht wasserfeste Tusche vor dem Schlafengehen nicht aus dem Gesicht (über diese Dinge weiß Daniele Bossart wegen seiner

Töchter Bescheid). Um den dürren, solariumgebräunten Körper flattert ein Morgenmantel, den er noch nicht kennt (eine der Variationen, die sie einbaut). Die Gattin schießt eine verbale Salve auf ihn ab. Er versteht sie nicht, weil die Zwergpinscher noch immer kläffen, schaut demonstrativ auf die Uhr, lässt das Handy in die Tasche seines Vestons gleiten und drückt der Gattin einen Kuss auf die Stirn. Dann durchquert er eilenden Schrittes die Eingangshalle der Villa Bossart (leider schlucken die kostbaren Teppiche den Sound seiner handgefertigten Schuhe). Er verschwindet im Aufzug, der ihn zu seinem spanischen Mädchen in die Tiefgarage bringt. Die Gattin hört er nur noch gedämpft durch den Aufzugsschacht rufen.

Zweiter Akt

Personen: Daniele Bossart

*Daniele Bossart fährt Auto*

Er führt erste Gespräche mit seinen Klienten. Die Gattin ruft alle zwei Minuten an. Wenn er den Anruf nicht wegdrücken kann, klingt ihre Stimme aus der Freisprechanlage. Er versteht jetzt gut, was sie sagt, weil die Zwergpinscher nur noch im entfernten Hintergrund kläffen. Die Inhalte variieren, sind aber in jedem Fall irrational oder ungerechtfertigt. Manchmal schreit die Gattin oder schluchzt. Er sagt nur etwas, wenn es zwingend nötig ist. Die Ankunft in der Kanzlei erscheint ihm so, als würden sich Himmelspforten öffnen. Einen Arbeitstag lang wähnt er sich im Paradies.

## Dritter Akt

Personen: Daniele Bossart, die Ehefrau

*Ankunft in der Villa Bossart*

Nach Feierabend fährt Daniele Bossart zurück nach Hause. Im Aufzug von der Tiefgarage ins Erdgeschoss stellt er sich die Frage, welche Drohung die Gattin umgesetzt hat. Vielleicht liegt sie in ihrem Blut im Boudoir. Vielleicht ist sie samt Louis-Vuitton-Koffern und Zwergpinschern weg. Vielleicht wird sie gerade von einem verwöhnt, der versteht, was sie braucht. Als sich die Aufzugtür öffnet, sitzt sie mit Panda-Augen in der Eingangshalle am Boden und trinkt Champagner. Er kickt die kläffenden Zwergpinscher weg und geht in sein Arbeitszimmer hoch. Dort genießt er den inneren Frieden, bevor die Gattin sich wieder erhoben hat und sein Büro stürmen kann.

*Vorhang*

So spielte sich das Drama ab, dem Daniele Bossart regelmäßig ausgesetzt war. Heute früh aber war die Gattin fix und fertig angezogen die Treppe hinuntergekommen, als er vor dem Aufzug stand. Sie ging an ihm vorbei und nahm die Treppe in die Tiefgarage, ohne ihn zu beachten. Im Aufzug hörte er den Motor ihres Porsche 911 aufheulen. Er wunderte sich. Noch nie war er ihr auf dem Weg zur Arbeit in der Tiefgarage begegnet. Der Motor verstummte, noch während Daniele Bossart im Aufzug fuhr. Beim Verlassen des Aufzugs konnte er nicht glauben, was er sah: den Porsche, quer vor seinem spanischen Mädchen platziert. Und davor seine Gattin, die wirres Zeug redete.

Er hatte vergeblich versucht, die Frau davon zu überzeugen, ihren Boliden umzuplatzieren, obwohl er es auf jede erdenkliche Art versucht hatte. Er hatte freundlich gefragt, Argumente bemüht, gedroht und gebettelt. Er spielte auf der Klaviatur seines Könnens, brachte jegliche Erfahrung im Umgang mit der Gattin ein. Ohne Wirkung. Er hatte zu brüllen begonnen. Er musste in die Kanzlei! Sie redete weiter. Auch dann noch, als sie nach einer Ewigkeit die Autotür öffnete, sich ans Steuer setzte, den Motor startete und endlich, endlich diesen Boliden aus dem Weg räumte. Sie bewegte noch immer die Lippen, als er in kalter Wut an ihr vorbeibrauste.

Komm, Daniele, sagte er jetzt zu sich selbst und fokussierte seine Hand, die locker auf dem Steuerrad lag. Wer will sich denn so aufregen? Dieser kleine Morgenscherz besaß immerhin einen gewissen Unterhaltungswert. Er war eine gute Anekdote, die Daniele Bossart in petto haben konnte. Sie würde jede steife Runde ein bisschen auflockern. Sie würde Daniele Bossart nahbar machen. Denn selbst einer wie er lebte unter der Fuchtel seiner Gattin, haha.

# 28

An diesem Dienstagmorgen betrat Daniele Bossart die Kanzlei also mit einer Verspätung von einer Stunde. Aber er tat es gewollt gut gelaunt. Es war ihm zu gönnen. Wäre auch schade gewesen, den zweitletzten Tag im Leben als Griesgram zu verbringen. Dem nun umso gedrängteren *daily schedul*e war es auch zuzuschreiben, dass er erneut verdrängte, woran ihn die perversen Katzenbilder erinnerten, die jetzt andauernd in den sozialen Medien auftauchten. Daniele Bossart fühlte sich weiterhin nicht im Geringsten von den schwarzen Miezekatzen angesprochen, die blutige Messer trugen.

# 29

Das Geheul der Sirenen wurde weit auf den See hinausgetragen und stieg die Hänge des Monte Arbòstora hoch, an dessen Fuß Morcote lag. Es hallte unter den Arkaden wider, prallte am Palazzo Paleari und dem Torre del Capitano ab. Durchdrang den Dorfkern mit den engen Gässchen, füllte die Piazza Grande, kreiste um die Glocken im Turm der Pfarrkirche Santa Maria del Sasso. Die Gäste auf der Terrasse im ersten Stock des Ristorante della Posta erhoben sich von ihren Stühlen, um zwischen den Geranien hindurch auf die Straße zu schauen. Unten im Gastraum auf Stelzen im Wasser hörten manche mit Kauen auf, an der Bushaltestelle wurden Handys konsultiert. Hoffentlich verspätete sich das Postauto nach Lugano nicht. Bestimmt hatte wieder ein Ortsunkundiger die Kurve nicht gekriegt. Wahrscheinlich war wieder ein Auto am Felsen zerschellt.

Touristen pausierten auf dem Weg zur Pfarrkirche Santa Maria del Sasso hoch und reckten ihre Hälse. Die Einheimischen besetzten die kleinen Tische vor der Caffè-Bar Vecchio Teatro an der Riva dal Garavell. Sie standen in Grüppchen am Geländer zum See und nickten sich ahnungsvoll zu, bevor sie ihre Gespräche fortsetzten. Unter den Arkaden waren die Verkaufsstände bereits eingerichtet. *Ceramica d'arte*, Krüge und *tazzini* meist, in dichten Reihen oder gestapelt, mit Weintrauben bemalt oder mit der Kirche Santa Maria del Sasso samt Hügel und See. Früchteteller dreidimensional, Zitronen und Orangen, die aus der Fläche quollen, Fische, fette Blätter, Sonnengesichter. Alle Objekte waren mit dem Schriftzug »Morcote« versehen, auf dass der zahlenden Kundschaft stets vor Augen stand, welchen Ort sie damals besucht hatte. Vor der Gandalf-Bar waren Tische und Stühle angekettet. Nach ihr setzten sich die Souvenirläden fort. Hüte aus Stroh stapelten sich meterhoch, Taschen, Schlüsselanhänger und Schals waren an Haken aufgehängt. Ein paar Meter weiter wies ein von der Decke hängender Werbewürfel darauf hin, dass hier Informationen für *turisti* zu holen waren. Im Schaufenster lagen Taschenmesser in unzähligen Varianten, silbern, rot, blau und aus Holz, mit Schweizerkreuz versehen und ausgeklappt demonstrierten sie, wie nützlich sie waren. Zum Dosenöffnen, Schraubendrehen, Nägelfeilen, Korkenziehen, Schneiden, Sägen, Gewehrezerlegen, Menschenerstechen. Vor dem Info-Point lockten Plüschhasen mit Ticino-T-Shirt, Schweizerfahnen und Fonduegabeln zum Kauf, dazu Ansichtskarten in großer Auswahl. Alles in Ständern auf Rollen einsortiert. Dort im schattigen Halbdunkel der Arkaden hatte vorhin die Mitarbeiterin des Info-Points den Rollstuhl entdeckt, sie hatte eben den zweiten Ständer mit Ansichtskarten platzieren wollen. Im Rollstuhl saß ein Mann. Sie sah ihn nur von hinten und bat höflich darum, ihr Platz zu machen. Weil er nicht reagierte, tippte sie ihn an. Sein Oberkörper begann, sich nach vorn zu neigen. Die Mitarbeiterin wollte verhindern, dass er aus dem Rollstuhl fiel, und fasste nach seiner Schulter, die sich seltsam weich anfühlte. Unnatürlich. Die Mitarbeiterin schrie auf und ließ los. Ihr Schrei hallte unter den Arkaden wider. Die Kollegin vom Geschäft nebenan sah bloß noch, wie ein Mann in Zeitlupe aus seinem Rollstuhl kippte. Noch bevor er auf dem Boden aufgeschlagen war, hatte sie den Notruf gewählt.

Keine Tausendstelsekunde hatte sie darüber nachdenken müssen, was in einem solchen Fall zu tun war. Und jetzt kam die Rettung. Das sich nähernde Geheul der Sirenen war den beiden Frauen Musik in den Ohren. Sie bekreuzigten sich und hielten weiterhin die Schaulustigen in Schach, aber keine Chance: Den Handykameras war nicht zu entkommen.

Aber keiner sollte es wagen, den Mann auch nur zu berühren.

Das blieb *ihr* Fund.

Auch wenn sie etwas enttäuscht hatten feststellen müssen, dass der Mann im Rollstuhl gar kein Toter, sondern bloß eine Stoffpuppe war.

# 30

»Emmaaaa!«, schallte es vom Kiesplatz her bis zu ihr in den kleinen Garten hinter dem Haus. »Hast du es schon gesehen?«

Emma seufzte. Ja, sie hatte es gesehen.

»Du hattest recht mit Morcote! Fundort Nummer 6!«

Emma bettete ihren Kopf aufs Kissen am Wannenrand und atmete den Duft des Holzfeuers ein, das ihr Badewasser erhitzte. Die Sonne wärmte. Der Morgen war bereits fortgeschritten, Marco längst aufgebrochen, gestärkt von Frenas ofenwarmen *panini*.

»Emma, bist du da?« Wieder hämmerte Frena gegen die Tür. »Du musst etwas tun!«

Emma verdrehte die Augen. Etwas tun? »Bin ich etwa die Polizei, oder was?«, murrte sie.

»Emma Tschopp!« Frenas energische Stimme riss Emma aus der Gelassenheit, die sie sich auferlegt hatte. Halt dich für einmal zurück, Emma. Nicht dein Job, Emma. Was geht dich das alles an? Dafür gibt es Institutionen, Emma. Das Commissariato Lugano zum Beispiel. Dich braucht es nicht.

»Zum Teufel!«, rief Emma jetzt und schoss aus dem warmen Wasser hoch, Rubio aus dem Tiefschlaf schreckend. Noch halb nass vom Bad zog sie an, was sie ad hoc im Schlafzimmer vorfand. Schmiss Handy, Autoschlüssel und Hundeleine in die Tasche, riss die Haustür auf und warf Frena eine Kusshand zu. Rubio rannte begeistert voraus. Schwanzwedelnd erwartete er sie beim vw-Bus.

»Natürlich braucht es mich!«, rief Emma, als sie mit offenen Fenstern losfuhren. »Nicht wahr, Rubio?«

# 31

Unterwegs ging Emma nochmals die Magic Tour der Società Navigazione del Lago di Lugano durch. Markierte innerlich jede Station, die bisher von einem Puppenmann mit Katzenbügelpatch heimgesucht wurde. Ihr Ziel war offensichtlich.

1. ~~Lugano~~
2. ~~Paradiso~~
3. ~~Cantine di Gandria~~
4. ~~Gandria~~
5. ~~Melide~~
6. ~~Morcote~~
7. Brusino Funivia
8. Paradiso
9. Lugano

# 32

Falls Emma in die Rolle einer Touristin schlüpfen wollte, misslang ihr das gründlich. Gemütliches Verweilen und Bilderserien von Selfies lagen ihr fern. In Brusino angekommen, ließ sie den tiefblauen See links liegen und hetzte mit Rubio an der Leine der Via San Giorgio entlang. Ihr Blick scannte links und rechts jeden Quadratmeter der Grundstücke, soweit die Anwesen überhaupt einen Einblick zuließen. Hier befand sich das Hoheitsgebiet der Privilegierten. Villa reihte sich an Villa. Das Bild setzte sich in der Via a Terniscióö fort, die auf die Via San Giorgio folgte. Zwischen den Gärten lagen öffentliche Rasenflächelchen, damit auch das Volk baden konnte. Weit und breit war kein Puppenmann zu sehen. Bloß ältere Damen und Herren führten ihre kläffenden Kleinhunde spazieren. Rubio schaute souverän über sie hinweg. Emma checkte jede Ecke, schaute in jedes Bötchen, das an seiner Boje zerrte. Je näher sie der Schiffsanlegestelle von Brusino Arsizio kam, je heftiger schlug ihr Herz. Wartete dort ein Puppenmann auf sie, am Geländer zum See festgezurrt? Auf dem warmen Asphalt ausgestreckt? Oder unter einem Baum am schmalen Uferstreifen sitzend, der für die Öffentlichkeit zugänglich war, die aufgemalten Augen auf den See gerichtet? Seit sich Emmas Vermutung mit Fundort Nummer 6 als richtig erwiesen hatte, schwankte Emma zwischen Unbehagen und Triumph. Sie hatte gerne recht – oh ja, sehr gerne sogar.

»Du willst immer recht haben«, hatte Remo, ihr Ex-

Mann, ihr während vieler Ehejahre vorgeworfen. Deshalb hatte sie sich darum bemüht, nicht zu betonen, wenn sie recht behielt. Deshalb ließ sie Remo triumphieren und schluckte den Ärger hinunter. Bloß keine Besserwisserin sein. *Madonna.* Emma schüttelte noch immer den Kopf, wenn sie an jene Zeiten zurückdachte. Sie hatte sorgsam vermieden, ihren Mann zu brüskieren. Sie wollte liebenswert sein. Genutzt hatte es offensichtlich nichts. All ihrer Bemühungen zum Trotz war Tanja vom Himmel gefallen.

Zumindest hatte Remo es so formuliert: »Tanja ist wie vom Himmel gefallen.«

Er hatte diesen gefallenen Engel bei einem Betriebsausflug kennengelernt. Es war ihm bestimmt, wie er sagte, mit Tanja zusammen zu sein. Nicht mehr mit Emma. Was konnte Emma gegen so viel Schicksal ausrichten? Sie hatte getobt und geweint, nachts wach gelegen und nur noch wenig zu sich genommen. Mehr Flüssiges als Festes. Auf Remo machte das keinen Eindruck, bloß ihre Pölsterchen aus edlem Fett schwanden.

Es dauerte eine Weile, bis Emma sie wieder angegessen hatte, diese Materialisierung stiller Zufriedenheit mit sich und der Welt. Eine sehr lange Weile brauchte es dafür. Rubio wurde ihr neuer Gefährte und unterstützte sie mit vorbehaltloser Zuneigung, dank Remo war sie buchstäblich auf den Hund gekommen. Remo Tschopp, dem zuliebe aus Frau Bellucci Frau Tschopp geworden war.

Emma schüttelte wieder den Kopf und wischte die Gedanken an ihren Ex weg. Wieso war sie überhaupt auf ihn gekommen? Stimmt. Weil sie gerne recht behielt.

»Natürlich habe ich gerne recht. Nicht wahr, Rubio?«

Sie lächelte einem Rentner zu, der sie im Vorbeigehen gehässig musterte. Unterdessen hatte sie die Schiffsanlegestelle von Brusino Arsizio erreicht. Sie checkte auch hier jeden Quadratmeter. Kein Puppenmann hier, weder festgezurrt noch liegend oder sitzend. Fünf Personen hatten sich hier eingefunden, frühzeitig für das nächste Kursschiff, das in fünfundzwanzig Minuten eintreffen sollte. Zwei Best-Ager-Radfahrerinnen in neonpinken Radtrikots, ein Mann in Socken und Sandalen, ein Paar im Pensionsalter, die identischen Daunenjacken um die Hüfte gebunden, die faltbaren Wanderstöcke im Rucksack verstaut. Emma rechnete kurz. Es reichte für einen Abstecher zur Talstation der Bergbahn, um eine allfällige Überraschung mitzubekommen, die das Schiff mitbrachte. Sie schlug den Weg über die obere Straße ein. Rubios Enthusiasmus über den Ausflug hatte sich gelegt, er trottete ein paar Schritte hinter ihr der Straße entlang. »Funivia Brusino Arsizio-Serpiano«, verkündete eine Tafel am Straßenrand. Daneben lockten Bilder ins Hotel und Restaurant »al Serpiano«. Serpiano lag auf 630 Metern über Meer, die *funivia* gondelte einen in vier Minuten vom See da hoch. »In Serpiano wird es Ihnen nie langweilig«, versprach die Webseite. Emma lächelte. Ja, langweilig war es da oben ganz und gar nicht. »Zahlreiche Wanderwege laden Sie ein, das UNESCO Weltkulturerbe Monte San Giorgio zu entdecken. Ein Besuch des Fossilienmuseums in Meride ist ein Muss.«

Ach, Meride und das Fossilienmuseum. Emma steckte ihr Handy wieder in die Tasche und hörte Valeria lachen, die mollige Kassenfrau mit dem strengen Scheitel und der rauen Stimme. Die Frau mit guten Ideen und Sinn für feinen Weißwein. Die Frau, die alles über die Menschen von Meride wusste. Meride hatte Emma den ersten Fall mit Marco Bianchi beschert. Eine tote junge Frau aus dem Baselbiet. Emma bekam plötzlich eine Gänsehaut, als sie den neonhellen Kühlraum der

Pastafabrik von Meride vor sich sah, auf dem Boden ein gezeichneter Umriss, da, wo die tote Frau gefunden worden war, abgeschnittene Haare auf den Fliesen rundum verstreut. Emma vertrieb die Bilder, beschleunigte ihre Schritte. Sie könnte Dante schreiben, dass sie sich zufällig in der Nähe befand. Sie könnte als Treffpunkt die Bergstation der *Funivia* vorschlagen, in dreißig Minuten, dann, wenn sie die Schiffsanlegestelle nochmals überprüft hatte. Sie könnte endlich ihr Versprechen einlösen, mit Dante Savelli und Rubio zum Aussichtspunkt auf dem Monte San Giorgio wandern und unterwegs nach Fossilien Ausschau halten. Ob Dante sich unterdessen seinen lebenslangen Wunsch erfüllt und einen Labrador zugelegt hatte? Beim Gedanken an den ältesten Sohn der Savelli-Dynastie musste sie lächeln. Dante, ein promovierter Philosoph, der Gestelle mit Spaghettischnüren in der Pastafabrik hin und her schob. Dante, der Meister im Trocknungsprozess und Herrscher über das Herzstück der Firma, das Rührwerk.

Mittlerweile hatten Emma und Rubio die Talstation der Bahn erreicht. Die Bahn wurde eben in Gang gesetzt. Emma sah aufs Handy. Diese Fahrt würde sie abwarten. Erst die leise Enttäuschung ließ sie merken, dass sie auf einen Puppenmann im Bereich der Talstation gehofft hatte. Es hätte einer hier auf der Bank platziert sein können oder in einer der Toiletten versteckt, Möglichkeiten gab es zuhauf. Aber da war nur ein Fahrgast, der auf die Bahn nach Serpiano hoch wartete und unverdächtig in sein Handy starrte. Genauso wie der Angestellte der *funivia*, der nun widerwillig den Blick vom Display hob, weil die Gondel in die Talstation einfuhr.

Emma schaute den Gästen beim Verlassen der Gondel zu: zwei Wanderer mit Tagesrucksack, zwei Biker, ein

Paar mit zwei Kindern und vier Koffern. Rubio stupste sie zum wiederholten Mal an.

»Rubio, *no.*« Sie wies ihn an, sich wieder zu setzen. Seit wann war ihr Hund so ungeduldig? »Du bist ja schlimmer als ich.«

Sie lachte und verstummte, als die Biker beide den Kopf zu ihr drehten, während sie ihre Bikes an Emma vorbeischoben. Emma grinste in sich hinein, als sie den Weg zurück zur Schiffsanlegestelle einschlug. Nun war sie so weit. Sie redete laut vor sich hin. Und, noch schlimmer, sie richtete ihre Worte an einen *Hund*. Dabei hatte sie sich nach jahrelanger Beobachtung von Herrchen und Frauchen geschworen: Nie, aber auch gar nie würde Emma Tschopp sich in der Öffentlichkeit mit ihrem Hund unterhalten.

# 33

*Bisher nichts in Brusino*, schrieb Emma an Marco, nachdem sie sich auf eine Bank an der Schiffsanlegestelle gesetzt hatte. *Vielleicht liegen wir doch falsch?*

*Schade*, schrieb er umgehend zurück.

Wortkarg, der Commissario. Er mochte WhatsApp nicht. Er mochte alle Nachrichtenkanäle nicht. Ihm war Reden lieber.

*Und bei dir?*, schrieb sie.

*Das Übliche.*

Aha. Das war Marcos Geheimsprache, die er extra für WhatsApp entwickelt hatte. Bei WhatsApp fühlte er sich dauerüberwacht.

*Das Übliche* bedeutete so viel wie: *Ich bin immer noch am Fall, den du mir eingebrockt hast, weil unsere junge Firma sich auf dem Markt erst noch behaupten muss.*

Eigenverantwortlich und höflich, wie er war, hätte Marco ihr niemals zu verstehen gegeben, dass er seine bisherigen Aufträge bei der Detektei Tschopp & Bianchi nicht wirklich mochte. Sie verstand es trotzdem. Aber war das ihr Problem?

Nein.

Beschäftigte es sie?

Ja.

Aber sie setzte auf Verdrängung. Der Mann war erwachsen. Punkt. Er konnte aussteigen. Jederzeit.

*Grad kommt das Schiff*, schrieb sie. *Bericht folgt.*

Sie tat so, als würde sie den See fotografieren, während

sie ein paar Aufnahmen der Wartenden am Pier machte. Zu den fünf Personen hatten sich die zwei Biker gesellt. Das Motorschiff *San Gottardo* näherte sich langsam der Mole, bis der Rumpf nah genug war, dass der Mitarbeiter der Società Navigazione den schmalen Steg zur Anlegestelle hinüberschieben konnte. Es dauerte nicht lange, bis die Fahrgäste den Steg passiert hatten, erst vom Schiff aufs Land, dann in die andere Richtung. Der Mitarbeiter verabschiedete und begrüßte die Passagiere freundlich, zog den Steg aufs Schiff zurück, löste das Tau von der Klampe.

War es jener, der die Mörderpuppe Nummer 1 gefunden hatte, letzten Samstag auf der *Italia*?

Drei Tage erst waren seither vergangen.

Emma machte auch von den neu Angekommenen verstohlen ein paar Bilder. Es war bloß eine Gruppe von älteren Herren, die sich laut redend und offensichtlich angeheitert auf den Weg Richtung *funivia* machte. Enttäuscht steckte sie ihr Handy ein. Dieser Ausflug war ein Flop. Nirgendwo trat eine Mörderpuppe auf.

»Mal nicht recht behalten, was?«, hörte Emma eine Stimme höhnen, die nach ihrem Ex klang. Was der schon wieder hier verloren hatte? Emma erhob sich.

»Komm, Rubio. Wir gehen ein *gelato* essen.«

Nach ein paar Schritten riss Rubio so heftig an der Leine, dass Emma ein kurzer Schmerz durch den Arm zuckte.

»Rubio, *no*!«

Er zog sie hinter sich her zum Rand der Anlegestelle. Dorthin, wo jemand ein halbes Schinkensandwich hatte fallen lassen.

*»NO!«*

Er nahm Befehle nur in Italienisch entgegen, Emmas Beinahe-Blindenhund, der den strengen Kriterien der Ausbildung nicht genügt hatte. Untauglich, befanden die

Instruktoren, zu schnell abgelenkt, um einen Menschen zuverlässig zu führen. In Momenten wie diesem musste Emma ihnen zustimmen. Wenn Rubio ein Schinkensandwich sah, setzte das Gehör aus. Er verschlang es schmatzend und leckte sich ausgiebig die Schnauze, während er vorgab, reumütig zu schauen. Aber Emma hatte keinen Blick für seine sanften braunen Augen. Sie starrte auf den Boden. Dann zog sie ihr Handy aus der Tasche und hielt fest, was hier lag:

*Bügelpatches, hingestreut auf den warmen Asphalt an der Schiffsanlegestelle Brusino Funivia.*

Emma zählte neun Stück. Und auch wenn einige mit der Rückseite nach oben lagen, war das Motiv jedes einzelnen deutlich erkennbar. Hier lagen neun schwarze Katzen aus Stickfilz. Jede hielt in ihrer linken Pfote ein blutiges Messer.

# 34

Emma überlegte nur kurz. Dann schickte sie Marco die Bilder.

*Fundort Nr. 7: Schiffsanlegestelle Brusino Funivia. Ich informiere jetzt die Polizei*, schrieb sie dazu. *Korrekt wie ich bin.*

Dann wählte sie die Nummer von Bruno Costa.

»*Pronto?*«

»*Ciao*, Bruno. Hier Emma Tschopp. Ex-Kriminalpolizistin von der Polizei Basel-Landschaft.«

Sie kostete kurz sein Schweigen aus. War er erschrocken oder ratlos?

»Wir kennen uns. Meride, Juli 2019. Die tote Baselbieterin in der Pastafabrik.«

Der Mann schwieg noch immer.

»Und Morcote, September 2019. Da hatten wir ein Wiedersehen. Toter Schönheitschirurg im Giardino Balber.«

»Leichen pflastern also Ihren Weg. Aber kommen Sie doch bitte zur Sache.«

Der gute alte Costa. Sprühte wie immer vor Charme.

»Aber wir sind doch per du, Bruno. Weißt du nicht mehr?«

Schweigen. Emma grinste vor sich hin. Einer ging noch.

»Wir saßen in der Osteria am See in Morcote. Für mich gab's Zucchetti-Ziegenkäse-Mousse und ein Glas Weißwein, für dich Wasser – erinnerst du dich?«

»*Porca m…*«

»Genau«, unterbrach Emma. »Genau das dachte ich, als

ich die Überraschung hier fand. Wenn sie dich interessiert, sichere ich den Ort, bis jemand von euch hier ist. Wenn keiner kommt, gehört der Fund mir.«

# 35

Bruno Costa raste von Morcote her mit dem Motorboot über den See. Mit der einen Hand hielt er das Steuer umklammert, mit der anderen presste er sein Copcap auf den Kopf, um es im Fahrtwind nicht zu verlieren. Emma Tschopp in Brusino Arsizio! Was trieb die *zücchina* sich hier herum, die sich für Sherlockine Holmes hielt? Eine Emanze vom Feinsten, auf den Hund gekommen, sozusagen. Wie hieß schon wieder ihr Köter, den sie für ganz gescheit hielt? Bereits in drei Fälle hatte sie sich eingemischt. Sie war immer dann aufgetaucht, wenn er und sein Ex-Chef Bianchi es mit einem richtig fetten Mord zu tun hatten. Und jetzt hatte sie gerufen, und er kam angedackelt. Wegen neun Bügelpatches, die an einer Schiffsanlegestelle am Boden lagen! Was interessierten ihn diese verdammten Katzen aus Filz?

»Wenn keiner kommt, gehört der Fund mir.«

*Was dachte sich dieses Weibsstück eigentlich?*

Das war versuchte Unterschlagung von Beweismitteln!

Bruno Costa rückte sein Cap zurecht. Der Tschopp würde er noch eine Lektion erteilen, aber zuerst musste er die Dinger dort aus der Öffentlichkeit schaffen. Bevor eine Schmeißfliege mit Handykamera auftauchte und wieder eine Geschichte herbeischrieb, die keine war.

## 36

Marco Bianchi hatte die Fotografien von Emmas Fund ausführlich mit den Bildern verglichen, die in den sozialen Medien kursierten. Er hatte in die verschiedenen Bügelpatches hineingezoomt, so weit es ging. Er hatte jedes Bildteilchen studiert. Für ihn war klar: Es handelte sich um das immer gleiche Produkt, das seit vier Tagen auftauchte. Das Motiv »lustige Killerkatze«, das circa sieben mal sieben Zentimeter groß war und fünf Franken das Stück kostete, war bei mehreren Internetanbietern erhältlich. Auch der Puppenmann war im Internet zu finden. Die lebensgroße Deko-Figur aus Kunststoff zum Befüllen für CHF 14.99 wurde als besonderer Party-Gag angepriesen. Als Kopf empfahl sich ein einfacher Latexballon. Schnelle Lieferung, sichere Zahlung. Wer immer diese Artikel bestellt hatte, verbarg sich perfekt im digitalen Universum. Es war unmöglich, hier eine Spur zu finden. Dasselbe mit den Kleidern, die die Puppenmänner trugen. Jemand konnte sie online erwerben und in einem Paketshop abholen. Verriet wenigstens der Fahrradanhänger für Kinder etwas über den Menschen, der ihn hier platziert hatte? Nicht wirklich. Fahrradanhänger wie jener, der mit Puppenmann auf der Seepromenade in Lugano Paradiso zurückgelassen worden war, gab es viele. Auch musste der Besitzer nicht zwingend der Täter sein. Dasselbe mit dem Rollstuhl: Gestohlen oder nicht, er verriet nichts darüber, wer ihn unter die Arkaden von Morcote geschoben hatte.

Ein Mann, eine Frau? Zwei Personen?

Der Rollstuhl gab einzig einen Hinweis dazu, wie der Puppenmann Nummer 1 unbemerkt auf die *Italia* gelangen konnte. Er war ein trauriger Beleg für die Aussage von Menschen im Rollstuhl, die Marco mehrfach gehört und gelesen hatte. Sie wurden im Alltag von jenen, die aufrecht auf zwei Füßen gingen, ignoriert. Niemand senkte den Blick, um ihnen in die Augen zu sehen. Sie wurden angestrengt übersehen. Unter diesen Umständen war es einfach, den Puppenmann auf die *Italia* zu rollen. An der Schiffsanlegestelle Lugano-Centrale hätte der Täter einen leeren Rollstuhl über den Steg schieben können. Vielleicht wären manche Mitpassagiere kurz irritiert gewesen. Mehr nicht.

So oder so war für Marco klar: Wer immer hinter dieser Serie steckte, war kreativ und klug.

Das zeigte sich auch am Fundort Nummer 7 an der Schiffsanlegestelle Brusino Funivia. Nur noch Messerkatzen lagen am Boden verstreut. Ein gescheites Vorgehen, sicher und ökonomisch. Der Puppenmann erübrigte sich. Öffentliche Reichweite hatte die Täterschaft mit Fund Nummer 1 bis 6 bereits zur Genüge. Die mediale Präsenz war da, der Spannungsbogen auch. Angst war gesät bei den einen, Sensationslust geweckt bei den anderen. Das Risiko, entdeckt zu werden – minimiert. Bloß noch kleine Filzfitzelchen, die jemand beim Ein- oder Aussteigen aus der Hand fallen lassen musste.

Marco ging nochmals die Handyfotos durch, die Emma von den Ein- und Aussteigenden gemacht hatte. Er versicherte sich mit einem kurzen Blick, dass sein Observierungsobjekt noch immer nicht das Schulhaus verlassen hatte. Dann rief er Emma an.

»Ja, Marco?« Im Hintergrund waren aufgeregte Kinderstimmen zu hören. »Hast du herausgefunden, wer heute so dreist war, die neun Dingerchen vor meinen Augen am Anlegesteg zu platzieren?«

»Alle Personen auf deinen Fotos kommen infrage.«

»Und trägt eine davon Stickfilze in der Hand, die sie gleich fallen lässt?«

»Unmöglich, das zu erkennen. Zu weit entfernt.«

Emma schnaubte bloß. Die Kinderstimmen im Hintergrund wurden lauter.

»Lugano Paradiso wird Station Nummer 8. Davon bin ich über…« Marco hielt inne. Eine Tür hatte geknallt. »Emma?«

»Ich bin noch da. Fährst du hin?«

»Nein. Außer meine Zielperson macht einen Ausflug dorthin. Und du?«

»Leider nein. Ich habe einen Spezialauftrag. Kurzfristiges Einspringen. Hörst du's?«

»Eindeutig. Agentin Emma in der Casa Rubio«, sagte Marco. »Lass mich raten. Ihr dörrt Pilze. Oder stampft Marroni.«

»Brombeeren«, seufzte Emma. »Bereits sechs Kilogramm zu Konfitüre verkocht. Wir sind blau von oben bis unten und haben einen Zuckerflash. Zwei volle Gläser sind bereits zu Boden gefallen. Und Rubio hat in die Küche gekotzt.«

»Klingt vergnügt«, sagte Marco.

»Und alles nur, weil Frenas Goldjunge Davide wieder einmal seinen Dienst schwänzt.«

»Vielleicht ist er krank?«, schlug Marco vor.

»Du glaubst immer noch an das Gute im Menschen, Commissario. Nach so vielen Berufsjahren. Wie machst du das bloß?«

»Ich traue den Menschen alles zu«, sagte Marco.

»Ist das nicht mein Satz?«, fragte Emma.

»Auch das Gute«, sagte Marco.

Es schepperte so, als wäre etwas Schweres aufgeschlagen und in Stücke zerschellt. Ein Kind brüllte, als die Tür wieder geöffnet wurde.

»Das war Frenas große Küchenwaage!«, rief Emma. »Darunter ein Fuß. *Ciao,* Commissario!«

# 37

An diesem späten Dienstagnachmittag glitzerte der Lago di Lugano ausnehmend schön im orangegoldenen Herbstsonnenlicht, als würde er von der Endsaison-Posse, die sich an seinen Ufern abspielte, ablenken wollen. Wer an den Promenaden von Lugano ein paar Sekunden den Kopf vom Handy hob, ließ sich blenden von den Glanzlichtern auf den Wellen. Die Gäste verweilten für ein paar Bilder. Die Einheimischen setzten ihren Weg eilends fort. Der Feierabend musste verdient werden. Der Schiffsverkehr wurde für heute beendet, Ticketschalter schlossen. Die Anlegestelle von Lugano Paradiso leerte sich, Tauben übernahmen. Gurrend trippelten sie hin und her, pickten an dem herum, was vom Tag liegen geblieben war. Cookie-Krümel, Sandwichreste, Zigarettenstummel. Eisbecher, halbe Brote, Weichkäse. Trinkhalme. Aludosen. Wenn wieder einmal ein bellender Hund die Schiffsstation stürmte, flatterten die Tauben halbherzig auf, um sich sofort wieder niederzulassen, wenn der Kläffer weg war. Aber die Katzen schienen sie zu stören. Sobald die Katzen ins Territorium der Tauben vordrangen, ging ein großer Tumult los. Es war irritierend, wie unglaublich viele Katzen plötzlich hier umherschlichen. Die Tauben setzten ihre Schnäbel als Waffe ein, auch die Luganeser Möwen mischten kräftig mit. Bald entbrannte an der Schiffsanlegestelle von Lugano Paradiso ein erbitterter Kampf. Katzen, Tauben und Möwen verknäuelten sich zu einem schwarz-grau-weißen Wirbel, aus dem Fellfetzen und Federn flogen. Das Geschrei war tierisch, Blut floss. Im Publikum an der Promenade wandten sich ein paar sensible Gemüter ab. Alle anderen filmten das Spektakel vor dem unterdessen orangeroten Abendhimmel. Es gab einzigartige Posts her. Mit einem wohligen Gruseln wurden die Beiträge geteilt. Schwarze Katzen, wohin man sah. Bald war man sich in den Kommentaren einig: Das war eine Messermiezenattacke. Ohne Messer zwar, aber echt.

## 38

In der renommierten Kanzlei an der Via Nassa wurde noch immer gearbeitet. Präziser gesagt: Daniele Bossart arbeitete. Als Einziger natürlich. Er hatte eben seinen letzten Klienten zur Tür begleitet und verabschiedet. Die Kanzlei war verwaist. Die Kollegen hatten Feierabend gemacht oder waren zu sogenannten Abendterminen aufgebrochen. Die Heulsuse und die neue Assistentin – Lucia, Livia? – waren längst weg. *Nine to five* halt. Jetzt war es kurz vor zwanzig Uhr. Daniele Bossart war unschlüssig, was wirklich sehr selten vorkam.

Feierabend?

Nochmals an den Computer zurück?

Es war so still hier. Die Via Nassa war abends wie ausgestorben. Ein Roller fuhr vorbei, vom Flur her war nun der Aufzug zu hören. Er hatte sich in Bewegung gesetzt. Fuhr er etwa zur Kanzlei hoch? Daniele Bossart horchte dem Geräusch nach. Checkte den Terminkalender auf dem Handy. Nein, er hatte keinen Termin für zwanzig Uhr eingetragen. Der Fahrstuhl war noch immer unterwegs. Daniele Bossart stand im Empfangsbereich und stellte etwas erstaunt fest, dass er schwitzte, und zwar aus allen Poren, obwohl an diesem Abend des 27. September 2022 keinesfalls außergewöhnlich hohe Temperaturen herrschten, schon gar nicht in den wohltemperierten Räumen der Kanzlei. Das weiße Hemd unter der maßgeschneiderten Anzugjacke war schweißdurchtränkt, als Daniele Bossart seine Hand ausstreckte, um die Eingangstür zur

Kanzlei zu prüfen. Sie war verschlossen. Der Aufzug war stehen geblieben. Daniele Bossart horchte mit angehaltenem Atem. Es war still im Flur. Keine Fahrstuhltür, die sich öffnete. Er wischte sich den Schweiß von der Stirn, horchte nochmals in den Flur hinein. Als Daniele Bossart zurück in sein Büro ging, setzte er die Füße so sachte auf, dass die handgefertigten Schuhe keinerlei Geräusch auf dem weißen Marmor erzeugten. Im Büro riss er sich die Anzugjacke vom Leib und holte ein frisches weißes Hemd aus dem Schrank. Sein Büro war wie alle Räume cremefarben gestaltet, zurückhaltend, aber hochwertig eingerichtet. Bequeme Sessel, ein kleiner Besprechungstisch, der bereits Vertrauen schuf, wenn die Klienten ihn nur ansahen. Ein Regal mit einer beeindruckenden Menge von juristischer Fachliteratur stand da, Designerleuchten vom Feinsten ließen alles in angenehmem Licht erscheinen. Die Wände waren leer bis auf Titel und Diplome, die Daniele Bossart sich im Laufe seines Berufslebens erworben hatte, aber nicht alle: Er beschränkte sich auf eine Auswahl, schlicht gerahmt. Banales Zeug, nichts, was zu Vorurteilen führen oder allfällige Klienten abschrecken konnte. So hatte er schweren Herzens die Fotografien und das Zeugnis wieder abgehängt, die ihn als ehemaligen päpstlichen Schweizergardisten auswiesen. Eine potenzielle Klientin war abgesprungen. Sie gehörte zu jenen Verblendeten, die den Papst höchstpersönlich für alle Missbrauchsfälle verantwortlich machten. Was konnte der Papst für solche Einzeltäter?

»*Choose your battles*«, hatte er sich deshalb einmal mehr gesagt und die Dokumente in seinem Arbeitszimmer zu Hause aufgehängt. Daniele Bossart wollte keine Diskussionen mehr mit Ignoranten führen. Er hatte es satt zu erklären, warum er bereit gewesen war, sein Leben für jenes des Papstes hinzugeben. Militärische und religiöse Werte – das waren Fremdwörter für manche, die ihm hier gegenübersaßen.

Seine Finger zitterten, als er das Hemd zuknöpfte. Sie zitterten noch immer, als er den Computer herunterfuhr. Er horchte auf. War da doch jemand, vorne bei der Eingangstür? Er musste hier raus, nach Hause fahren, eine Flasche Spätburgunder öffnen. Er griff nach der Mappe, verließ sein Büro, schloss es ab, schritt geräuschlos über die Marmorfliesen Richtung Eingangstür. Einen kurzen Moment lang hielt er inne, schalt sich einen Idioten und versuchte, der Panik Herr zu werden. Vergeblich. Kein Fokussieren half. Er hastete weiter, schlich auf den Flur. Da war niemand. Er schloss die Eingangstür der Kanzlei hinter sich, prüfte dreimal, ob sie tatsächlich verschlossen war. Der Aufzug war wieder nach unten gefahren. Wer hatte ihn nach unten geholt? Erwartete ihn jemand in der Tiefgarage? Daniele Bossart drückte den Aufzugsknopf und wartete. Atmete tief ein und wieder aus. Er fühlte sich wieder so wie beim Ausflug der Ehemaligen, der an einem prächtigen Sonntag Anfang Juni dieses Jahres stattgefunden hatte. Daniele Bossart war von gut gelaunten Kameraden der Sezione Svizzera italiana umgeben. Es floss reichlich Weißwein, Tessiner Platten wurden aufgetischt. Man hatte ein Angebot der Società Navigazione für den jährlichen Ausflug gewählt, saß vergnügt auf dem Deck des Motorschiffs *Italia* und ließ vergangene Zeiten hochleben. Eine Anekdote folgte der anderen. Eine Schweigeminute für einen viel zu früh verstorbenen Kameraden vermochte die Stimmung nicht zu trüben.

Wer wusste besser als ehemalige Schweizergardisten, dass der Tod überall lauerte?

Tapfer und treu waren sie hier alle in der Runde, und ihr unumstößlicher Glaube vereinigte sie. Manch einer der Passagiere hatte neugierig herübergesehen, als sie gemeinsam im stillen Gebet versanken. Daniele Bossart hatte es gesehen. Denn er konnte keine Minute von dem Gedanken ablassen, dass er beobachtet wurde. Er hatte seinen Blick schweifen lassen, hatte die Gesichter im Umfeld ihrer Gruppe geprüft, jedes Augenpaar ertappt, das auf ihn gerichtet wurde. Aber da waren bloß Touristen. Harmlose auswärtige Ausflügler und ein paar einheimische Senioren, die an einem Sonntag die besten Plätze auf dem Luganer See besetzten. Da saß niemand, der ihm auch nur im Entferntesten bekannt vorkam. Keine einzige Person benahm sich verdächtig.

Und doch fühlte sich Daniele Bossart an jenem Sonntag auf der *MS Italia* verfolgt.

Genauso wie jetzt. Der Aufzug war da. Die Türen öffneten sich. Daniele Bossart trat ein, wählte auf der Anzeige die Tiefgarage. Er fuhr endlos, wie ihm schien. Wieder brach ihm Schweiß aus allen Poren. Die Fahrt in die Tiefgarage war, genau besehen, ein Moment am Ende der Komfortzone. Aber so *unangenehm* hatte Daniele Bossart sich das nicht vorgestellt. Ganz und gar nicht.

# 39

Später am Abend stieg in der Casa Rubio der Geruch eines Feuers zu den Fenstern im ersten Geschoss hoch. Frena schnupperte und lächelte. Sie lehnte sich nur so weit hinaus, dass sie besser hören konnte, was da unten im Garten vor sich ging. Tatsächlich, es war Marcos Lachen, das nun wieder erklang und sich mit Emmas Stimme mischte. Das Lachen von Marco war so – wie sollte sie es nennen – so fein. Und warm. Frena hatte Männer mit grobem Lachen kennengelernt und solche, die ausschließlich für sich selbst lachten. Sie hatte hämisches Gelächter ertragen und sich gelangweilt mit Männern, die nur lachen konnten, wenn Alkohol durch ihre Adern floss. Marcos Lachen war nichts davon. Es war – es war zugewandt. Trotzdem nie klebrig und nie ohne guten Grund. Es war eher selten, machte Frena froh. Sie lehnte sich noch ein bisschen weiter aus dem Fenster. Der Schein des Feuers war von hier oben nur zu erahnen. Unten war es still geworden. Vielleicht küssten sich die beiden? Im warmen Licht der züngelnden Flammen? Frena kicherte. Leise vor sich hin summend schloss sie das Fenster.

*»Ich hab' vor'm Küssen immer Lampenfieber …«*

Der Peter hatte für alle Lebenslagen ein Lied bereit. Frena sang jetzt laut und machte ein paar Tanzschritte.

*»Ist sie nun einverstanden oder sagt sie Nein …«*

Bestimmt küssten sie sich.

# 40

Rubio zerlegte mit viel Lärm sein Hammer-Biskuit. Hammer-Biskuits waren nach den getrockneten Schweineohren sein zweitliebster Snack. Vielleicht lagen sie etwas zu trocken auf der Zunge, dafür gaben sie viel her beim Biss. Ein Hammer-Biskuit folgte immer auf den Gute-Nacht-Spaziergang. Heute Abend hatte es lange gebraucht, bis Rubio sich hatte durchsetzen können. Was hatten die beiden Menschen bloß dauernd zu besprechen? Ein gefühltes Hundejahr lang hatte er sie angestupst, Emmas Hände und Marcos Knie, mal hier, mal dort. Bis jemand sich bequemt hatte, aufzustehen und die Leine zu holen. Es war Marco. Mittlerweile mochte Rubio ihn ganz gut riechen. Mittlerweile, musste Rubio zugeben, war ihm Marco sogar willkommen. Bloß in diesem Moment drang der Mann in ein Territorium vor, das allein Rubio gehörte. Denn wenn Rubio sein Hammer-Biskuit zerlegte, musste Emma einzig und allein für ihn da sein. Er erhielt jeweils ihre volle Aufmerksamkeit, bis er den letzten Krümel aufgeleckt hatte. Aber jetzt hatte Marco sich dazwischengequetscht, sodass Emma garantiert *nichts* mehr sehen konnte. Rubio hielt beim Kauen inne. Eine Intervention musste her. Er erhob sich und versuchte, zwischen Emma und Marco eine Lücke zu finden, in die er sich wiederum quetschen konnte. Vergeblich. Erst als er laut schmatzend an Emmas Lieblingsbäumchen rupfte, gewann er ihre Aufmerksamkeit zurück.

»Rubio! *No!*«

Na also. Ging doch. Mit einem zufriedenen Seufzer ließ Rubio sich fallen und setzte seine Gute-Nacht-Mahlzeit unter Emmas wachsamem Blick fort. Nicht dass es ihm einfallen würde, in so ein saures Ding zu beißen. Aber Emma traute es ihm zu. Und das war gut so.

# 41

Der nächste Morgen sah wettermäßig aus, als würde es ein schöner Herbsttag werden. Es war Mittwoch, 28. September 2022. Daniele Bossart setzte locker einen Fuß vor den anderen und pumpte die kühle Luft in die Lungen. Kontrollblick auf die *Watch*: 06.09 Uhr, Werte optimal. Den inneren Schweinehund überwinden? Den Köter kannte Daniele Bossart nicht. Sein Lauftraining war fest im Terminkalender verankert. Mochten andere sich quälen und dabei die Gelenke ruinieren, er war für *ReKom* unterwegs: Regeneration und Kompensation. Leichtes *footing*, gut dosiert. Aber wie immer top motiviert. Mit der richtigen Haltung. Mit den richtigen Schuhen, kompromisslos in puncto Dämpfung und Aufprallschutz. Und mit Strava. Strava verfolgte und analysierte jeden Aspekt seiner Aktivität, verwandelte sein Handy in einen ausgeklügelten Laufcomputer. Wenn er Strava vor dem Beginn der Lauftour aktivierte, zeichnete es seine Leistungsdaten auf. Daniele Bossart liebte Strava. Es war ein *gadget*, das ihm eine kindliche Freude bereitete. Und damit war er nicht allein. Mehr als 100 Millionen Sportlerinnen und Sportler in 195 Ländern nutzten Strava, bildeten eine globale *community*, die sich ihre Touren teilte. Auf Strava konnte sich Daniele Bossart Inspiration und *likes* holen, aber nicht nur das, schließlich galt: Wenn es nicht auf Strava ist, ist es nicht passiert.

»Hey, gut gemacht, *buddy*!«, »Wow, lange Tour!«, lauteten die Kommentare der Kumpels dort, mit welchen sie sich gegenseitig Kudos vergaben.

Auch heute früh fühlte sich Daniele Bossart in der weltweiten Gemeinschaft aufgehoben, während er seine favorisierte Runde lief. 100 Millionen Menschen vereint im Slogan: »Aufzeichnen. Schwitzen. Teilen. Kudos.«

Aber ein Mitglied scherte aus.

»Einen *troublemaker* gibt es immer«, würde Daniele Bossart sagen. Dieses Mitglied kümmerte sich einen Dreck um Sport. Es wollte keine Routen in Herzform rennen und Bergspitzen in Rekordzeit erreichen. Keine Work*outs* der Woche teilen und Ernährungsfehler vermeiden. Dieses Mitglied wollte nur eines: internetbasiertes Tracking nutzen. An diesem frühen Mittwochmorgen war es in der analogen Welt unterwegs. Es stand noch etwa fünfzig Meter von Daniele Bossart entfernt am Sentiero di Gandria versteckt. Es hatte die Waffe angelegt und zielte, während Daniele Bossart sich näherte, locker einen Fuß vor den anderen setzend.

06.12 Uhr.

Sein letzter Blick auf dieser Welt galt seinem Handy. Die Leistungsdaten waren zufriedenstellend.

Ein Lächeln lag auf Daniele Bossarts Lippen, als ihn die Kugel traf. Seine kompromisslosen Schuhe boten keinen Schutz. Er prallte ungedämpft auf die Laufroute. Der Schuss war dermaßen präzise, dass dem Hirn nicht einmal Zeit für eine Rückblende blieb.

So blieb Daniele Bossart eine Bilanz seines Lebens verwehrt. Keine Hochs und Tiefs, die rasend schnell an ihm vorbeizogen. Keine guten *performances*, zu denen er sich im Nachhinein nochmals beglückwünschen durfte. Er erhielt auch nicht den geringsten Hinweis darauf, wer zu so einer brutalen Tat fähig war.

Als sich eine behandschuhte Hand seiner Brust näherte und ein Stück Stickfilz auf das Loch in der Brust legte, war Daniele Bossart längst in ein Dasein jenseits der Komfortzone unterwegs.

## 42

Später am Tag nahm das Geschehen seinen Lauf. Denselben wie immer, wenn ein Verbrechen in den Alltag einbrach. Die Südtessiner Bevölkerung schreckte kurz auf und klickte sich durch die News, wohlig erschauernd beim Gedanken, dass es jederzeit jemand von ihnen treffen konnte. Diesmal aber war der Kelch vorbeigezogen, ein renommierter Notar und Anwalt war das Opfer. Eine fassungslose Hundehalterin hatte der Polizei gemeldet, dass am Sentiero di Gandria in der Nähe des Ruderclubs ein toter Mann lag. Eine Kolonne von Blaulichtwagen war zum Tatort gefahren. Minutiöse Spurensicherungen wurden in Gang gesetzt. Später am Tag wurde Bruno Costa, Commissario vom Commissariato di Lugano, von seinem Vorgesetzten in dessen Büro zitiert. Dieser Mord war ein Mord mit Ankündigung, befand der Vorgesetzte. Warum der Commissario das nicht erkannt hatte? Jeder andere Beamte mit Verstand hätte so etwas kommen sehen. Da brauchte einer nicht einmal Polizist zu sein, um das zu erkennen. Aber der neue Commissario hatte geschlafen. Sein Vorgänger hätte da andere Saiten aufgezogen. Davon zeigte sich der Vorgesetzte überzeugt. An dieser Stelle des Monologs war Bruno Costa versucht, seinem blasierten Vorgesetzten auf den Schreibtisch zu kotzen. Denn seit er heute früh auf die kugeldurchbohrte Brust des Mordopfers hinuntergeschaut hatte, war ihm übel. Speiübel. Er vermutete, dass er den Anblick dieser verdammten Messermieze schlicht nicht mehr ertragen konnte. Oder

der *coniglio al forno* war schuld, den seine Frau ihm am Abend zuvor aufgetischt hatte. Manchmal zeigte die *moglie* wenig Sensibilität. Hatte man nicht schon immer in schlechten Zeiten Katzen als Kaninchen verkauft? Das Tier hatte Bruno Costa bereits eine Nacht lang schwer auf dem Magen gelegen. Als Nachtisch kam die Leiche hinzu.

»Denk an Marco Bianchi«, riet der Vorgesetzte beim Abschied und klopfte Bruno Costa auf die Schulter. »Wenn du nicht mehr weiterweißt, fragst du dich einfach: Was hätte Bianchi getan?«

# 43

Fundort Nummer 9«, sagte Emma an diesem Abend. »Wenn wir die Katzenattacke in Paradiso als Nummer 8 zählen.«

Sie platzierte einen weiteren Klebepunkt.

»Du hast die Ankündigung richtig interpretiert.« Marco beugte sich über die Landkarte, die vor ihnen auf dem Gartentisch lag. »Bloß die Mordwaffe ist eine andere, als du vorausgesagt hast.«

Er wandte sich wieder dem Laptop zu, ergänzte seine Liste mit einer Notiz. Die Liste sah jetzt so aus:

1. Lugano (*MS Italia*): Puppenmann mit Messermieze aus Stickfilz
2. Paradiso (Kinderwagen): Puppenmann mit Messermieze aus Stickfilz
3. Cantine di Gandria (Pfosten Bootsanlegestelle): Puppenmann mit Messermieze aus Stickfilz
4. Gandria (Schiffsanlegestelle): Puppenmann mit Messermieze aus Stickfilz
5. Melide (Swissminiatur, Eisenbahn): Puppenmann mit Messermieze aus Stickfilz
6. Morcote (Rollstuhl): Puppenmann mit Messermieze aus Stickfilz
7. Brusino Funivia (Schiffsanlegestelle): 9 x Messermieze aus Stickfilz
8. Paradiso (Schiffsanlegestelle): echte schwarze Katzen

9. Lugano (Sentiero di Gandria): echter toter Mann mit Messermieze aus Stickfilz

→ Tatwaffe: kein Messer

Sie verharrten beide schweigend und starrten auf den Lago di Lugano vor sich, der unheilvoll wirkte mit seiner roten Verzierung.

»Denkst du …«, sagte Emma und tippte langsam jeden einzelnen der neun Punkte an. »Denkst du immer noch, dass die Serie weitergeht?«

# *Teil 2*

# 1

Mehl, Wasser, Hefe, Salz, ein kleines bisschen Zucker. Bloß fünf Zutaten brauchte es für das, was Rocco im Leben lieb und wichtig war: Brot. Im Brot vereinten sich Nahrung und Genuss. Ein Brot barg Vielfalt in Geschmack und Aussehen. Es wärmte den Magen und das Herz. Es war ein Abenteuer für den Gaumen. Es war eine Freude für die Zähne. Es bot ihnen krosse Krusten zum Nagen und ein weiches Innenleben zum Zermalmen. Brot war ein Wunder für Rocco. Jedes einzelne Stück, das er bisher geschaffen hatte. Er hatte schon Hunderte von Laiben aus dem Ofen geborgen und an Krusten geklopft, um zu prüfen, ob das Brot ausreichend gebacken war. Zeit brauchte es zudem für ein Brot. Das hatte Rocco lernen müssen. Wie oft war er ungeduldig gewesen. Er hatte die Augen verdreht, wenn der Lehrmeister zum tausendsten Mal wiederholte: »*Pazienza*, Rocco. *Pazienza.*«

Nebst Zutaten und Geduld brauchte Brot bloß noch eine Waage und zwei Hände. Zehn Finger zum Kneten, mit Kraft und Gefühl. Bläschen aus Luft brauchte es, damit der Teig die Probe bestehen konnte: einen Schnitt durch die geknetete Masse. Wehe, wenn die Schnittflächen nicht von Luftlöchlein durchsetzt waren. Dann wurde nichts aus dem Brot. Einen Brocken hatte Rocco dann aus dem Ofen geholt, hart wie ein Stein. Denn es war so, wie der Lehrmeister es ihn gelehrt hatte: Wenn die Geduld fehlte, konnte nichts Gutes gedeihen.

»Die Hefepilze, Rocco. Lass sie in Ruhe arbeiten.«

Die Hefepilze brauchten Zeit, um den Teig anschwellen zu lassen. Rocco kannte die Prozesse dahinter. Er hatte sie für die Lehrabschlussprüfungen auswendig gelernt. Noch jetzt würde er Interessierten im Detail darlegen können, wie die Hefepilze es schafften, Kohlenhydrate im Teig in Kohlendioxid zu verwandeln. Wie entscheidend die richtigen Temperaturen dazu beitrugen. Zu kühl mochten es die Hefepilze nicht, aber auch nicht zu warm. Bei mehr als 40 Grad starben sie ab, unter 28 Grad verweigerten sie ihren Dienst. Die ideale Temperatur für Hefepilze war zwischen 28 und 32 Grad. Rocco würde es gerne allen erzählen, die sich dafür interessierten. Wie Hefe mit Gas dafür sorgte, dass der Teig locker und luftig wurde. Eine Art Wunder geschah, stellte Rocco jedes Mal fest, wenn er das feuchte Tuch von der Schüssel hob, welches den Teig schön geschmeidig hielt. Die Masse verdoppelte sich. Er musste einfach lange genug warten.

»*Pazienza,* Rocco. *Pazienza.*«

## 2

Auch dieses Mal hatten die Zauberpilze gewirkt. Als Rocco das feuchte Tuch von der Schüssel hob, stellte er fest, dass sich die sorgsam geknetete Teigmasse verdoppelt hatte. Er stemmte die große Schüssel in die Höhe, ließ die Masse langsam auf den Tisch gleiten, teilte sie mit fünf Schnitten. Rocco liebte es, den Teig nach seiner Vorstellung zu gestalten. Er mochte das Kühl-Klebrige, wie die Masse sich willig und widerspenstig zugleich an seine Finger schmiegte. Rocco zog und zupfte, dehnte und quetschte. Bis die sechs Formen so vor ihm lagen, wie sie sein mussten. Jede passgenau, dass sie Platz im Ofen in seiner engen Küche hier fand. Jetzt brauchten sie nochmals zwanzig Minuten zum Ruhen, bevor er sie backen und zur Figur zusammenstecken konnte, die ihm vorschwebte: einem Rumpf mit zwei Armen, zwei Beinen und einem Kopf. Knapp einen Meter groß würde die Gestalt werden. Aus zwei kleinen Stücken Teig würde er Brüste formen. Eine Frau aus Brot schuf er hier, innen feucht und weich, außen kross. Er drückte zwei dunkle Weinbeeren in den Kopf aus Teig. Ein kleiner Schnitt unter einer knubbeligen Nase musste als Mund herhalten, beim Backvorgang würde er langsam auseinanderklaffen, ein weit aufgerissener Mund. Rocco setzte das Messer nochmals an, vergrößerte den Schnitt ein wenig. Dann deckte er jedes Teigstück mit einem feuchten Geschirrtuch zu. Sie mussten noch ein wenig ruhen: der Kopf, der Rumpf, die Arme und Beine. Nur so würden sie später im Ofen krosse Krusten und ein weiches Innenleben bilden.

Geduld, Rocco.

Geduld.

## 3

Rocco ging im Zimmer neben der Küche im Kreis. Das Zimmer war Wohn- und Schlafzimmer zugleich. Das Sofa wurde zum Bett und wieder zum Sofa. An vielen Tagen war Rocco so lange liegen geblieben, dass es die Arbeit nicht gelohnt hatte, das Bett zu verwandeln: die Matratze einzuklappen, das Kissen und die Daunendecke in der großen Rollschublade darunter zu verstauen. An vielen Tagen schien es Rocco, als würde Blei ihn zu Boden pressen. Als würden Zentner auf seinen Augenlidern liegen. Seine Kraft reichte dann bloß für ein Glas Wasser und den Gang zur Toilette. An diesen Tagen stellte Rocco den Fernseher an, ohne fernzusehen. Die leisen Stimmen gaben Gesellschaft vor. Die Morgenshows brachten Heiterkeit ins Haus, auch wenn sie noch so künstlich war.

Besser das als nichts.

Besser das als das Leben draußen, das zu ihm nach drinnen drang. Besser als die Motorengeräusche vorbeifahrender Autos in der Via Castelrotto. Dort saßen jene am Steuer, die zur Arbeit fahren konnten. All jene, die sich ohne Blei in den Gliedern und Zentner auf den Augenlidern durch den Tag bewegen konnten. Rocco wollte sie nicht hören. Das Gequake auf dem großen Bildschirm übertönte auch das Martinshorn der Rettungswagen, die drüben bei der Casa anziani vorfuhren, um den nächsten betagten Menschen zu holen. Den nächsten, der vom Schlag getroffen worden war. Wieder eine, der ein Klümpchen die Blutbahnen verstopft hatte. Nur bei Herzinfarkt und Hirnschlag lärmten die Fahrzeuge. Bei den Oberschenkelhalsbrüchen eilte es nicht so, da fuhren sie ohne Blaulicht vor, und für die frisch Verstorbenen schlichen sich die Bestatter heimlich durch den Hintereingang an. Rocco hatte ihnen zugeschaut in den letzten Wochen, seit er es wieder bis ans Fenster schaffte. Bis in die Küche sogar war er gekommen, um sich ein Stück Brot zu schneiden und mit Butter zu bestreichen. Seine Kraft reichte wieder dazu aus, das Bett in ein Sofa zu verwandeln: Er schaffte es, die Matratze einzuklappen, das Kissen und die Daunendecke in der großen Rollschublade darunter zu verstauen. In letzter Zeit platzierte er sogar die Häkeldecke von *mamma*, zupfte sie so zurecht, dass sie faltenfrei lag. Die letzte Zeit hatte ihm Kraft gegeben. Rocco hielt im Gehen inne, stellte sich ans Fenster. In der Casa anziani auf der anderen Straßenseite war das Abendessen vorbei, die alte Dame genau gegenüber von ihm war wieder auf ihr Zimmer gebracht worden. Sie war die Einzige in der Casa anziani, deren Vorhänge immer geöffnet blieben. Er konnte sie in ihrem Rollstuhl sitzen und geradeaus schauen sehen. Bei ihrem Einzug ins Heim war es ihm so erschienen, als würde sie pausenlos zu ihm herüberstarren. Bis er realisiert hatte, dass sich ein Fernsehbildschirm zwischen ihnen befand. Der Bildschirm leuchtete auch jetzt ihr Zimmer in einem Reigen bunter Farben aus.

Das Klingeln des Timers ließ Rocco zusammenzucken. Zwanzig Minuten waren vorbei. Er zog sein Handy aus der Hosentasche, stoppte den Timer, ging zurück in die Küche, entfernte die Tücher. Die sechs Teigstücke waren wohlgeformt und ausreichend aufgegangen. Sanft strich Rocco über die Beerenaugen. Er wollte den Schnitt im Gesicht mit dem Zeigefinger nachzeichnen, zuckte dann zurück.

Nichts mit bloßen Fingern berühren, Rocco.

Er bückte sich, um die Klappe zu öffnen und das Blech in den Ofen zu schieben: Das linke Bein war als Erstes an der Reihe. Rocco schloss den Backofen und stellte den Timer auf fünfzig Minuten. Dann setzte er sich im Wohnzimmer vor den großen Bildschirm.

# 4

Rocco kam im Februar 1998 im Ospedale Regionale di Lugano zur Welt, den Geburtskanal passierte er ohne jegliche Schwierigkeiten. Er flutschte ins grellhelle Leben jenseits von warmer Geborgenheit. Er brüllte sich wie jedes Kind den Schock aus dem Leib, füllte die Lungen mit Luft und schied ein paar Stunden später rektal und grünschwarz aus, was er nicht mehr brauchte: Fruchtwasser, Darmzellen und Verdauungssäfte. Er saugte aus der Mutterbrust, was sie hergab, und das war viel. Uneingeschränkt durfte er die Fülle nutzen, solange sie da war. Er war ein prächtiges Baby, mit Speckröllchen an Schenkeln und Kinn.

Davon erzählten die Fotos im Album, säuberlich eingeklebt und mit Zeitangaben versehen. Baby auf der Häkeldecke, Baby im Kindersitz, Baby im Arm von *papà*. Nach dem ersten Geburtstag wurden die Zeitabstände zwischen den Fotos länger: Das Kleinkind am Planschen im Sommer 1998, mit Tante Brigitta im Herbst auf einem Karussell. Eine Reihe von Weihnachtsfotos. *Papà* war nirgendwo mehr abgebildet. Das Kind war jedes Jahr ein bisschen größer und stand allein neben einem spärlich geschmückten Bäumchen. Der erste Schultag: Hier schaute ein Junge mit ernstem Blick aus dem Bild. Die strahlend blauen Augen waren noch zu erahnen. Die Lachgrübchen in den Wangen waren verschwunden. Die Speckröllchen längst weg, *papà* ebenso.

Roccos *mamma* war noch da. Sie hütete tagsüber andere Kinder für einen Hungerlohn, weil ihr Ex nur ab und zu so gnädig war, eine Monatszahlung Alimente zu überweisen. Dem Staat wollte sie nicht auf der Tasche liegen. Einen Rest Stolz wollte *mamma* sich bewahren. Sie riss sich zusammen. Sie wurde hart im Existenzkampf und gegen ihren Sohn. Er war zu weich. Er wollte keine anderen Kinder in der kleinen Wohnung. Er wollte allein mit *mamma* sein.

Aber wie sollte er das sagen?

Rocco kannte keine Worte dafür. Er weinte zornige Tränen. Er brüllte und bockte. Nichts half. Die anderen Kinder blieben.

Rocco sagte nichts mehr. Er machte manchmal nachts ins Bett und versuchte, nicht im Nassen zu liegen, bis alles wieder trocken war. Er roch nach Pisse. Die anderen Kinder mochten ihn nicht.

»Wer mag ihn auch nicht?«, schrien sie.

»Iiiiich!«, schrien sie und stürzten sich auf ihn.

Alle gegen ihn. Und Rocco gegen alle. Er setzte seine Wut in Fußtritte um. Er begann, seinen Verstand einzusetzen, eignete sich ein Repertoire an Kniffen an. Lügen hatten keine kurzen Beine. Das war ein Märchen. Lügen ließen Rocco wachsen. Sie führten ihn weit über seine Möglichkeiten hinaus.

Wenn er schon nicht mit einem goldenen Löffel im Mund geboren worden war, dann setzte er zumindest seinen Grips dazu ein, sich groß und die anderen klein zu machen.

Die Speckröllchen hatte er längst abgelegt, das Kind in sich verloren. Er verbot sich alles, was wie ein Gefühl daherkam. Er ernährte sich von Wut und Energydrinks. Sein Ruf eilte ihm voraus. In jedem neuen Schuljahr festigte er seinen Status weiter, Rocco war gefürchtet und verachtet. Er log und betrog. Er trainierte täglich ohne Geräte. Er schlug sein Gegenüber zu einem heulenden Haufen, wenn es das verdiente. Längst reichte Schulhausputzen nicht mehr, um ihn zu strafen. *Time-out* folgte auf *Time-out*. Alle möglichen Behörden tauchten auf und schützten irgendwen, einfach nie Rocco.

Rocco war hart wie Stahl gegen außen und ein loderndes Feuer im Innern. Nicht, dass er auch nur einen Moment daran gedacht hätte, nach innen zu schauen.

Wann auch?

Wozu?

# 5

Der Timer auf Roccos Handy klingelte erneut. Er unterbrach den Film, den er sich gerade ansah, und atmete den Geruch tief ein, der von der Küche her ins Zimmer drang. Rocco erhob sich, spürte plötzlich einen Kloß im Hals. Tränen wegen dem Geruch von frisch gebackenem Brot? Er schluckte sie weg. Ging in die Küche, zog je einen Backhandschuh an, bückte sich, öffnete die Ofentür. Spürte so etwas wie Freude, als er das Blech auf ein Brett platzierte, das den kleinen Küchentisch vor Brandspuren schützte. Das Brot-Bein war ganz ordentlich gelungen. Wie das Original sah es nicht aus, aber es taugte für sein Vorhaben. Rocco musste lächeln und platzierte es sachte auf einem Gitter zum Auskühlen. Dann schob er das nächste Stück aufs Blech. Das rechte Bein war nun an der Reihe. Rocco schloss die Tür, stellte den Timer auf fünfzig Minuten und setzte sich im Wohnzimmer wieder vor den Bildschirm.

# 6

Aus Roccos jugendlichem Leben verschwand auch die *mamma*, auch wenn sie noch da war. Auch wenn sie sich in der verwahrlosten kleinen Wohnung aufhielt, um zu schlafen. Schon lange hütete sie tagsüber keine Kinder mehr. Tagsüber saß sie im Café Colombo, das nicht bloß Kaffee ausschenkte. Im Café war sie weniger einsam. Abends putzte sie die Büros von Unternehmen, wo niemand ihren Weißweinatem riechen konnte. Dort schuf sie als unsichtbare Fachkraft eine saubere Visitenkarte für Firmen, honoriert mit einem Hungerlohn. Der letzte Rest Stolz war verschwunden. Die Alimente blieben jetzt aus, die Scham wollte ertränkt werden. *Mammas* Durst schien unersättlich. *Mamma* war weich geworden. Sie trug einen wabbligen Bauch vor sich her, genährt von Alkohol und Snickers. Wenn sie manchmal in der Küche der verwahrlosten kleinen Wohnung ihren Sohn antraf, glitt ihr Blick über ihn hinweg. Rocco spürte den kalten Wind, der ihm entgegenschlug. Trotz der stählernen Haut, die er sich zugelegt hatte. *Mamma* hatte jede Hoffnung begraben und ihn mit dazu. Er war ihr erstes Kind und ihr letztes. Nichts Besseres würde mehr folgen.

# 7

Wieder klingelte der Timer auf Roccos Handy. Rocco erhob sich, ging in die Küche, zog je einen Backhandschuh an, bückte sich, öffnete die Ofentür. Auch das rechte Brot-Bein war gut gelungen, stellte er fest, als er das Blech auf dem Brett platzierte. Er machte das Gitter zum Auskühlen frei, schob das Bein samt Backpapier vom Blech, zog die Handschuhe aus. Jetzt war der linke Arm an der Reihe. Die Extremitäten zuerst, hatte er sich vorgenommen, danach kamen der Rumpf und der Kopf. Rocco hielt sich zurück, als er das Brot mit bloßen Fingern berühren wollte.

Keine Spuren hinterlassen, Rocco.

Behalte einen kühlen Kopf, bei jedem Schritt.

Er öffnete das Küchenfenster, um den intensiven Brotgeruch loszuwerden, schloss es aber gleich wieder und zog die Vorhänge zu. Manchmal schien es ihm, als würde die alte Dame an ihrem Bildschirm vorbei zu ihm herüberstarren. Er schob das Blech in den Ofen und stellte den Timer.

# 8

Als Rocco fünfzehn war, wurde er dem Centro Educativo per Minorenni, kurz CEM, zugewiesen. Er hatte keine Wahl. Niemand fragte ihn:

»Rocco, möchtest du lieber bei *mamma* bleiben oder mit Menschen leben, die das Beste für dich wollen?«

Rocco hatte es sich versaut. Keine Frage. Wortlos packte er seine Sporttasche und umarmte *mamma*. Sie stand mit hängenden Armen da und drehte den Kopf weg.

Gab es noch irgendeine Regung in ihr, die sie hätte mit Rocco teilen können?

Nein.

Nichts als pochender Schmerz. Den Kater im Kopf, die Angst im Herzen. *Mamma* setzte sich ins Café Colombo. Dort saß sie auch, als Rocco wieder nach Hause geschickt wurde. Er hatte alles dafür getan. Er wollte nicht mit anderen Jungs zusammenleben, schon gar nicht mit solchen, die aus denselben Gründen im CEM lebten wie er. Alles Systemsprenger. Trickser, Diebe, ein paar davon mit Potenzial zum Kriminellen. Solche, die bereits mit vierzehn Jahren diverse Substanzen dealten, und zwar mit Sachverstand, halbe Apotheker. Schläger, die sich immer zu helfen wussten. Sie alle kannten das System und fanden Wege, es zu umgehen. Einfallsreiche Erfinder waren sie, in jeder Situation. Alle hatten sie ein Zuhause, das keins mehr für sie war. Mit Mamas und Papas, die ihren Job als Eltern satthatten, so satt: zu müde, zu ratlos, verstrickt und kaputt. Mit Mamas und Papas, die geschlagen zurückblieben oder längst auf und davon waren. Erzieherische Betreuung brauchten diese Jugendlichen, das hatten die zuständigen Behörden bestimmt. Einen Schulabschluss und eine Ausbildung bot das CEM jedem, der wollte.

Aber Rocco wollte nicht.

Rocco wollte nach Hause.

Er mochte die anderen nicht. Niemanden. Den Betreuern zeigte er es mit Worten, den anderen Jugendlichen mit Schlägen. Die erste Ermahnung beachtete er nicht, die zweite noch weniger, die dritte spornte ihn an. Sie ließen auf baldigen Rauswurf hoffen. Einmal mehr setzte Rocco seinen Verstand ein. Er brachte die einen Trickser gegen die anderen auf, hielt die Betreuer auf Trab. Er rechnete damit, dass die Verstöße in seinem Dossier festgehalten wurden: Ausgangszeit nicht eingehalten, dem Unterricht ferngeblieben, Mobbing mit Handy und ohne, Konsum von Cannabis. Verbale Aggression, psychische Gewalt. Physische Gewalt. Rocco fiel immer etwas ein, das gegen die Regeln war. Tagsüber schöpfte er Kraft aus seiner glühenden Wut. Nachts quälten ihn seine Träume so, dass er froh war, wenn es Morgen wurde. Ins Bett machte er nicht mehr. Nur Traumsequenzen erinnerten ihn daran und der Gestank nach Pisse im Pissoir vom CEM. Die zornigen Tränen waren versiegt, sie stauten sich tief in Roccos Brust und Bauch. Sie waren zu Beton geworden, an dem er jegliche Zuwendung abprallen ließ.

»Wer mag den Typen auch nicht?«, brüllte Rocco und stürzte sich auf jeden, der es wagte, sich einen Weg zu ihm zu bahnen.

# 9

Ein Klingeln ließ ihn aufschrecken. Reflexartig griff Rocco zum Handy. Sein Kopf war schwer. Ein Anruf. Wie lange schon hatte Rocco keinen Anruf mehr erhalten? Er starrte aufs Display und brauchte einen Moment, um zu realisieren: Das war kein Anruf. Das Klingeln des Timers hatte ihn aus dem Schlaf gerissen. Der Geruch nach Brot erst brachte Rocco dazu, sich vom Sofa zu erheben und in die Küche zu gehen. Er wusste jetzt wieder klar, was der Plan war. In der Küche musste er lächeln, als er sein bisheriges Werk auf dem Tisch liegen sah. Die nächsten Handgriffe fühlten sich beinahe schon vertraut an. Ihm war, als würde er ein wenig lebendiger werden, als er mit Backblech und Auskühlgitter hantierte, den frisch gebackenen Laib vom Blech schob. Ein tief in Rocco eingeschriebenes Wissen schien sich zu regen. Etwas, von dem er nichts wusste. Sein Körper agierte gedankenlos und mit einer Leichtigkeit, die von weit her kam. Wahrscheinlich klang eine Situation aus der Lehrzeit an: Wenn Rocco und sein Lehrmeister sich gegenseitig zuarbeiteten. Wenn ihre Bewegungen aufeinander abgestimmt waren, um effizient und liebevoll zu erschaffen, woran ihnen beiden lag: gutes Brot. Jetzt schloss Rocco sachte die Ofentür und blieb noch ein bisschen in der Küche stehen, damit das Gefühl blieb. Dann stellte er den Timer. Fünfzig Minuten blieben dem Teig, um sich in einen linken Arm aus Brot zu verwandeln.

# 10

Rocco hatte es also geschafft, wieder zu *mamma* heimzukehren.

Konnte das gut gehen?

Natürlich nicht.

Roccos Abwärtsspirale nahm kein Ende, und *Mamma* konnte ihm nicht geben, was er so dringend brauchte: Liebe.

Liebe, Liebe, Liebe, Liebe, Liebe, Liebe. Liebe. Liebe. Liebe. LIEBE. LIEBE!

Rocco brauchte sie von oben und unten, von hinten und vorne, kurz rundum. Er brauchte eine umfassende Liebe. Eine, die er sich nicht verdienen musste: weder mit Gehorsam noch Stillsein, nicht mit Gegenliebe und nicht damit, dass er selbst lieb war.

Rocco brauchte Liebe, einfach weil er Rocco war.

Er brauchte *mammas* Arme, die ihn fest umschlossen, egal, ob er nach Pisse roch. *Mamma*s Küsse brauchte er, vom Scheitel bis zu den Zehen. Diese Zeichen der Zuwendung, früher so freigiebig über die Speckröllchen verteilt.

Dann sistiert.

Bumm, zack, weg.

Und *papà*. Zu Beginn von Roccos Leben war er noch da, dann weg. Bumm, zack, weg, von einem Tag auf den anderen.

Die starken Arme fehlten, der kitzlige Schnauz. Der feine Duft von *papà* fehlte. Da war so viel Fülle, die zur ewigen Lücke wurde.

So viel Wärme, die in Kälte umschlug.

Das Liebste von Rocco, mutiert: *Papà* wurde zum Gespenst, *mamma* zur Feindin.

Vorerst kam Rocco bei *mamma* in der verwahrlosten kleinen Wohnung unter. Tagsüber arbeitete er auf einer Baustelle. Das war die Tarnung. Der Vorzeigejob. Rocco war Hilfsarbeiter im Schalungsbau. Bretter buckeln, Eisenstangen reichen, zudienen unter dem Existenzminimum. Ganz legal. Nachts baute er sein Business weiter aus. Seine Klientel verlangte nach allem, was auf dem Markt zu haben war.

Roccos Tage waren hart.

Die Nächte waren härter.

Nichts davon war für einen Siebzehnjährigen bestimmt.

Seine Kollegen hielten in diesem Job nur zugedröhnt Stand, Rocco blieb als Einziger nüchtern. Nicht, dass dies als Charakterstärke zu verstehen wäre. Es war bloß der schiere Ekel davor, was ihm alle paar Tage zu Hause begegnete: ein Wrack mit einer Wampe. Sinnloses Gebrabbel und Geiferfäden auf den Lippen.

Löcher im Leib, aus denen Gerüche strömten, die Rocco den Magen umdrehten.

## 11

Diesmal hielt sich Rocco mit einer Game-Runde wach. Schlafen konnte er, nachdem er sein Werk vollbracht hatte. Die Müdigkeit wollte er sich für später aufheben. So viele schlaflose Nächte lagen hinter ihm, dass er jede weitere fürchtete. Er wollte sich nicht mehr hin und her wälzen auf dem Bettsofa. Er hatte sämtliche Techniken zum Einschlafen ausprobiert. Er kannte jeden Tipp, der im Internet geteilt wurde. Er hatte schon Schafe gezählt, bis es hell wurde. Bis er sich wach nicht mehr ertragen konnte und wieder ein Temesta schluckte.

Aber das wollte Rocco nicht mehr.

Er wollte klar sein im Kopf.

Er wollte denken können und seine Finger bewegen, die Hände, Arme und Beine.

Er wollte aufstehen und seinen Weg gehen.

Als es jetzt klingelte, schoss Rocco vom Sofa hoch. Jetzt war der Rumpf an der Reihe. Rocco pfiff vergnügt, als er die Backofentür öffnete.

# 12

Nach Erreichen seiner Volljährigkeit wurde Rocco zum Vollzeitkriminellen. Er gab den Job als Hilfsarbeiter im Schalungsbau auf und konzentrierte sich aufs Dealen. Rocco brachte gute Voraussetzungen mit, um sich nachhaltig im Business zu etablieren: Er war immer nüchtern, misstrauisch, zu hundert Prozent im Dienst seiner Klientel. Nie überwog die Geldgier, immer ließ er Vorsicht walten. Rocco ging kein Risiko ein, gefasst zu werden.

Niemals mehr würde jemand an ihm eine Strafe vollziehen.

Das hatte Rocco sich geschworen.

Auch wenn ein Strafvollzug die Rettung für Gestürzte sein könnte, wie manche Menschen fanden. Einkehr in sich selbst, gezwungenermaßen. Läuterung. Heilung vielleicht. Umkehr, Neuanfang.

Alles Bullshit, um es mit den Worten von Rocco zu sagen.

Was in einem Gefängnis sollte Heilung sein?

Dafür trat die Schweizer Armee in sein Leben. Ihr entwischte kein Schweizer Mann. Sie lud Rocco zum Orientierungstag ein. Obligatorisch. Die Armee bot sich als Chance an: sich selbst kennenlernen, der Gemeinschaft dienen. Sie zeigte sich in schönstem YouTube-Licht: Vier Minuten und siebzehn Sekunden lang reihten sich atemberaubende Bilder aneinander. Rocco starrte gebannt auf den Handybildschirm. Die Schweizer Armee versprach

Rocco, dass seine Entscheidungen den Verlauf seiner Geschichte bestimmten, einer Geschichte, die er selbst mitgestaltete, individuell und einzigartig. Mit seinen Entscheidungen, versprach die Schweizer Armee, wählte Rocco einen eigenen Weg, der ihn herausforderte. Einen Weg, auf dem er seine Grenzen kennenlernte, körperlich und psychisch. Das gefiel Rocco. Das gefiel ihm so, wie ihm schon sehr lange nichts mehr gefallen hatte. Okay, nicht das Blabla. Nicht das, was die Frau da laberte. Die Bilder gefielen ihm. Der Kampfpanzer mit wehender Fahne in den Bergen, umgeben von Schnee und blauem Himmel. Der Kampfpanzer im Wald, der sich einen Weg bahnte, die Glattrohrkanone schwenkte. Die Soldaten in Kampfmontur gefielen ihm. Die Bergweiden in sanftem Sonnenlicht, Tarnfarbe in jungen Gesichtern. Riesige Rucksäcke, die wie im Spiel hangaufwärts getragen wurden. Und die Musik dazu! Rocco bewegte sich in schwindelerregender Höhe, sprang mit den Soldaten aus dem Helikopter ins kühle Nass. Er hantierte in reißenden Flüssen mit der Kettensäge, um Brücken zu erbauen. Er schützte Gebäude mit Kampfhunden und Personen mit seinem Körper. Er stieg eine Bergwand aus Eis hoch, bloß mit zwei Pickeln und aus eigener Kraft. Er spürte im Schutzanzug Gifte und Gas auf, hing in schwindelerregender Höhe unter einem Helikopter am Seil, um einen Verletzten in Sicherheit zu bringen. Ja, das gefiel ihm. Die Schweizer Armee versprach einen Weg, der ihn weiterbrachte. Ihn an neue Horizonte heranführte. Auf die neuen Freundschaften konnte er verzichten, auf Notsituationen auch. Der Schutz der Bevölkerung und der Infrastruktur war nicht das, was Rocco wirklich reizte. Blabla, laberte die Frau im Video. Bewahrung von Frieden und Sicherheit. Blabla. Aber die komplexen Missionen, die abseits der Öffentlichkeit erfüllt werden mussten, die reizten Rocco. Angeleitet von erfahrenen Ausbildnern, die sein Know-how förderten und ausbauten. Verantwortung übernehmen durfte Rocco, wurde angekündigt, und manchmal sogar die Führung. Er bestimmte den Verlauf seiner Geschichte mit. Tausendmal sah Rocco sich das Video an. Jedes Mal fragte die Frauenstimme am Schluss: »Wie entscheidest du dich?«

Jedes Mal wusste er die Antwort, so klar wie nie zuvor in seinem Leben: »Dafür. DAFÜR!«

Für Kampfpanzer und wehende Fahnen in den Bergen, für Schnee und blauen Himmel. Für Fahrten durch den Wald mit rasselnden Panzerketten, für Kampfmontur und glänzende Helme. Er sehnte sich nach Bergweiden und Tarnfarben in schönstem Licht. Er wünschte sich den Lärm von Helikopterrotoren in den Ohren. Er wollte sich abseilen, in kalte Flüsse eintauchen, Brücken bauen. Berge aus Eis bezwingen, Gifte und Gas zum Verschwinden bringen. Einen Hund dressieren, der nur ihm folgte. Das alles wollte er.

## 13

Der Timer auf dem Handy klingelte. Es war an der Zeit, den Rumpf aus dem Ofen zu holen. Rocco wurde ein bisschen schwindlig, als er in die Küche eilte. Es musste vom Duft des Brotes sein. Er hielt kurz inne, bevor er die Tür zum Backofen öffnete. War da ein Gefühl? Rocco wandte sich dem Kopf aus Teig mit seinen Rosinenaugen zu. Ja, da war ein Gefühl. Rocco bückte sich, öffnete die Tür zum Backofen. Es war ein gutes Gefühl.

## 14

Auf die Rekrutierung bereite sich Rocco vor, wie es viele Webseiten empfahlen, die über die Schweizer Armee informierten. Vorbereitung war wichtig. Das persönliche Leistungsprofil zählte. Von Leistungsfähigkeit las Rocco überall und von Minimalleistungen, die zu erfüllen waren. Physisch, psychisch, fachtechnisch und alles gemeinsam in Kombination. Grundanforderungsprofile waren da, die mit Selektions- und Entwicklungsprozessen überprüft wurden. Selektionsverfahren folgte auf Selektionsverfahren. Rocco wurde schwindlig beim Lesen. Wo seine Stärken lagen, musste er wissen. Woher sollte Rocco das wissen? Aber die Rekrutierung würde sie an den Tag bringen, las er. Spezialisten würden seine Fähigkeiten abklären. Getestet würde er werden, ein ums andere Mal. Sein Gesundheitszustand würde getestet, seine körperliche Leistungsfähigkeit, seine Intelligenz, seine Psyche. Geometrie musste er können, einen Text verstehen. Durfte man ihm eine Waffe anvertrauen?

Selbstverständlich wusste Rocco mit einer Waffe umzugehen. Auch wenn er bei der Selbstbeurteilung am Orientierungstag unsicher gewesen war, ob er sich selbst korrekt beurteilte. Schweißnass hatte er dem Mann in Uniform gegenübergesessen und nicht gewagt, sich die Tropfen von der Stirn zu wischen. Selbstbeurteilungen waren für Rocco in etwa so, als würde er die Seile drehen, mit denen er – wahlweise von einem Therapeuten, Sozialarbeiter oder Behördenvertreter – aufgeknüpft wurde. Aber bei der Rekrutierung würden Spezialisten am Werk sein, die sein persönliches Leistungsprofil erstellten. Leistung, Leistung, Leistung, hämmerte es in Roccos Kopf. Punkte brauchte er. Die höchste Anzahl an Punkten musste Rocco erreichen, um das zu werden, was er sein wollte. Also folgte Rocco den Anweisungen der App, die zur Vorbereitung entwickelt worden war. Er machte Weitsprung aus dem Stand. Er testete seine Rumpfkraft. Er stieß einen Medizinball von sich, der zwei Kilogramm wog. Er rannte zwischen zwei Linien hin und her, bis seine Oberschenkelmuskulatur versagte. Er stand auf einem Bein. Er wiederholte. Alles von vorne. Schneller, weiter, länger. Er überprüfte und maß nach, um die Minimalvorgaben auf den Militärwebseiten zu erfüllen. Er sprang über zwei Meter weit aus dem Stand. Er hielt die Planke beim Rumpfkrafttest und hob abwechselnd das Bein, bis er die vorgeschriebenen zwei bis fünf Zentimeter einhalten konnte, ohne zu schwanken. Er stieß den Medizinball an der Mauer sitzend. Er rannte 6,5 Kilometer weit in 37 Minuten. Er stand reglos auf dem linken Bein. Er rannte im Pendellauf zwischen zwei Linien hin und her, bis seine Oberschenkel wieder versagten. Aufstehen, weitermachen. Bis er den Medizinball 5,5 Meter weit stoßen konnte. Bis er 6,5 Kilometer in 37 Minuten mit 15 Kilogramm Steinen auf dem Rücken schaffte.

Rocco nahm endlich den Finger aus dem Arsch. Endlich für die richtige Sache.

# 15

Für die Rekrutierung hatte sich Rocco im Rekrutierungszentrum Monteceneri einzufinden. Er erhielt die Nr. 307. Er gab alles. Nr. 307 sprang 2,35 Meter weit aus dem Stand. Nr. 307 bestand den Rumpfkrafttest. Nr. 307 stieß den Medizinball an der Mauer sitzend 5,75 Meter weit. Beim Pendellauf übertraf Nr. 307 die Minimalleistung bei Weitem. Nr. 307 stand so lange auf einem Bein, bis der Instruktor genervt abwinkte. Als Nr. 307 nach dem 6,5 Kilometer-Lauf mit Last fragte, wurde gelacht.

»Das ist nichts für dich, Junge. Du willst doch nicht etwa Grenadier werden?«

Danach sagte Nr. 307 für den Rest der drei Tage nur noch etwas, wenn es die Antwort auf eine Prüfungsfrage war.

Am Ende des Rekrutierungsverfahrens saß Nr. 307 einem Mann in Uniform gegenüber.

Nichterbringung der geforderten Leistung, sagte der Mann. Anforderungen für die gewünschte Funktion nicht erreicht. Physisch okay, sagte der Mann.

Aber sonst. Zu wenig Punkte, sagte der Mann. Psychologische Stärken sind ebenso notwendig.

Ein gutes Selbstvertrauen, sagte der Mann. Das fehlt.

Nr. 307 verließ den Monteceneri – wie soll man sagen? – vernichtet.

Begleitet vom Gebrüll jener, die psychologisch stark waren. Sie rannten mit gereckter Faust aus dem Rekrutierungszentrum und schwenkten ihre stinkenden T-Shirts wie Fahnen. Sie brüllten als Sieger in den blauen Himmel. Dorthin, wo sie bald an Helikoptern baumeln und auf all die Würmer spucken würden, die sich unter ihnen wanden.

Zu einem dieser Würmer wurde Rocco.

Rocco absolvierte in Isone die Rekrutenschule. Die Mission von Rocco und den Mitrekruten beschränkte sich darauf, tagsüber im Dreck zu robben und nachts durch Wälder zu rennen, bis die Schwachen ins Laub bissen. Die Rekruten schossen mit Pistolen auf Zielscheiben und manchmal, wenn dem Ausbildner danach war, auf andere Objekte. Die Frauenbilder aus Papier hatte Rocco noch diszipliniert anvisiert, jede Brust auf Befehl durchlöchert.

Leistung erbracht.

Punkte geschafft.

Erst als eine tote Katze an der Scheibe hing und die Rekruten Messer werfen mussten, versagte Rocco. Er sackte in die Knie und kotzte.

»Aufstehen! Ziel anvisieren!«

Rocco versuchte, sich mit dem Ärmel den Mund sauber zu wischen, während die Stimme des Ausbildners in seinen Ohren dröhnte.

»Werfen! Jetzt sofort! Ohne Wenn und Aber!«

## 16

Endlich traf ein, was so mancher schon Rocco gewünscht hatte: Dass einer ihm zeigte, wo's lang ging. Ohne Wenn und Aber.

Rocco fügte sich.

Endlich tat er das, was man von ihm verlangte.

Er wischte sich die Kotze ab und warf sein Messer. Er zerfetzte gezielt das schwarze Katzenfell und wandte den Blick auch nicht ab, als die Därme aus dem Katzenleib quollen.

»Verteidigung hat ihren Preis!«, rief der Ausbildner. »Frieden ist nicht gratis zu haben!«

Niemals war Frieden gratis zu haben. Das lernten Rocco und seine Rekrutenkollegen. Frieden kostete *immer* etwas. Blut, Tränen, Schweiß. Den Finger aus dem Arsch.

»Verstanden?«, brüllte der Ausbildner.

Rocco verließ also *seine* Komfortzone. Denn darum ging es. Das ließen die Militärbehörden später ausrichten, als die Öffentlichkeit sich für die Methoden des Ausbildners zu interessieren begann. Ein Filmchen von zerfetzten Katzen kursierte in den sozialen Medien.

Die Militärbehörden beschwichtigten.

Die Tiere waren ja bereits *tot*.

Die Rekruten sollten erleben, was ein Messerwurf bewirken konnte. Nur durch eigene Erfahrung würden sie sensibilisiert dafür, wie viel Verantwortung eine Waffe in der eigenen Hand bedeutete.

Es ging hier um *Vermittlung von Inhalten*.

Die Öffentlichkeit nickte und klickte zur nächsten Sensation.

Die Zuständigen in den Militärbehörden klopften sich gegenseitig auf die Schultern. Es ging nichts über gute Kommunikation. Und wenn sie von einem Kaliber wie Daniele Bossart kam, blieb dem Gegner nur der Rückzug.

Ja, es war Daniele Bossart, der dafür sorgte, dass der Ausbildner aus der Schusslinie genommen wurde. Der Mann war gut, das wusste Daniele Bossart am besten, schließlich hatte er selbst ihn ausgebildet. Keine Sekunde hatte Daniele Bossart gezögert, als er für seine Expertise angefragt wurde. Aber sicher stehe er als ehemaliger Vorgesetzter zur Verfügung. Im Hintergrund und pro bono hatte er den Militärbehörden die richtigen Worte diktiert. Das war ein Freundschaftsdienst. Der Gesellschaft etwas zurückgeben – manchmal tat Daniele Bossart das ganz im Stillen, ohne sich damit zu brüsten. Dank ihm setzte der Ausbildner seine bisher untadelige Karriere fort. Dank ihm vermittelte der gute Mann Generationen von Rekruten, wie hoch der Preis für den Frieden war.

Rocco lernte also dazu während seiner militärischen Ausbildung.

*Ein* Versprechen der Schweizer Armee in Roccos Lieblingsvideo wurde eingelöst: Sie führte ihn an seine Grenzen, körperlich und psychisch.

Allen anderen Bildern irrte Rocco vergeblich hinterher: Kampfpanzern und wehenden Fahnen in den Bergen, Schnee und blauem Himmel, Bergweiden in schönstem Licht.

Nie seilte er sich ab, den Lärm von Helikopterrotoren in den Ohren, nie tauchte er in einen kalten Fluss ein.

Keine einzige Brücke baute er.

Keinen Berg aus Eis bezwang er.

Davon, einen Hund dressieren zu können, der nur ihm folgte, war Rocco weit entfernt. Hunde waren den Befehlshabern vorbehalten.

Trotzdem träumte Rocco weiter von einer Geschichte, die er selbst mitgestaltete, individuell und einzigartig. Er kannte sein Ziel genau. Er wollte dort in Rom sein, unter dem blauen Himmel seinen Dienst verrichten. Er wollte einer von denen sein, die diese schmucke Uniform tragen durften, in Blau, Rot und Gelb. Er sehnte sich nach Schönheit und klaren Verhältnissen. Nach einem Platz für sich. Dort im Schatten jener riesigen Säulen würde er ihn finden.

Davon war Rocco überzeugt, während er sich in die Webseiten und Videos der Päpstlichen Schweizergarde vertiefte. Er ging im Gleichschritt mit den Gardisten. Er trug das kecke Barett auf dem Kopf, schnallte sich das glänzende Schwert um. An Feiertagen legte er einen Harnisch an, setzte den silberfarbenen Helm mit roter Feder auf, umfasste mit der Faust die Hellebarde. Er kannte jeden Typus und die Regeln dazu. Zum Exerzieren gehörte eine blaue Uniform, für Repräsentationsanlässe brauchte es eine schwarze. An kalten Tagen im Winter wurde ein dunkler, schwerer Mantel mit leuchtend blauen Quasten umgelegt.

Oh ja, das wollte Rocco: Würdevoll von Dienstort zu Dienstort gehen. Alles so verrichten, wie es vorgegeben war.

In Rom würde er nicht mehr durch den Tag hetzen wie ein gejagtes Tier. In Rom musste er nicht dauernd auf der Hut vor der Polizei sein. Er brauchte keine durchgeknallten Kunden und konkurrierenden Dealer mehr zu fürchten. Er durfte sich im Tageslicht zeigen. Er würde sogar Waffen tragen: die Hellebarde und das einfache Schwert mit schlichter Parierstange. Tagelang studierte er die Schönheit dieser Objekte, und ihm gefiel, wie alt sie waren. Er bewunderte, wie sie Ordnung in der Garde schufen. Die Partisane mit roter Fransenquaste war höheren Dienstgraden vorbehalten. Den schwarzen Kommandostab mit elfenbeinfarbenem Knauf und Spitze durfte einer erst tragen, wenn er Wachtmeister oder noch höhergestellt war. Das aufwendige Korbschwert gehörte ausschließlich in die Hände von Offizieren.

Rocco klickte sich von Video zu Video.

Er konnte im Schlaf aufsagen, was es brauchte, um sich bei der Päpstlichen Schweizergarde bewerben zu können.

Er musste ein Mann und Schweizer sein.

Er musste unverheiratet und maximal dreißig Jahre alt sein.

Er durfte nicht kleiner als einen Meter vierundsiebzig sein.

Er musste gute Gesundheit, einen einwandfreien Leumund, sanierte Zähne und die römisch-katholische Konfession vorweisen.

Er brauchte eine dreijährige Grundbildung mit Lehrabschlussprüfung.

Er musste angeben,

- wie seine Familie aufgebaut war,
- ob sie alle in derselben Wohnung wohnten,
- mit wem er am meisten Zeit verbrachte: Vater, Mutter, Bruder, Schwester,
- ob Vater, Mutter, Bruder, Schwester je psychologische Probleme hatten,
- wie der Name der für ihn zuständigen Person im Lehrbetrieb lautete sowie die Anschrift der Rekrutenschule.

Und so ging es weiter. Er musste sein Pfarramt angeben und das seiner Eltern. Er brauchte ein Empfehlungsschreiben des zuständigen Pfarrers und die Anschrift der Polizeistelle seines Wohnortes. Er musste mit Kopien der Seiten 3, 5, 12, 13, 36 und 37 aus dem Dienstbüchlein beweisen, dass er die Rekrutenschule der Schweizer Armee besucht hatte. Denn dort wurden Grundlagen vermittelt, die für die Auftragserfüllung in der Päpstlichen Schweizergarde elementar waren: Disziplin, militärischer Umgang und Kameradschaft.

So gab es das Kommando auf der Webseite vor.

Manchmal raste Roccos Herz vor Angst, wenn er sich die Bedingungen für eine Bewerbung vor Augen führte.

Manchmal erschlug ihn sein Vorhaben förmlich.

Aber dann zog sich Rocco in Gedanken die weißen Handschuhe an. Er umschloss mit der einen Hand die Hellebarde und mit der anderen den glänzenden Griff seines Schwerts. Er machte sich auf, seinen Traum zu erfüllen.

Wie hatte der Betreuer im Centro Educativo per Minorenni jeweils gesagt?

»Jeder ist seines Glückes Schmied, Rocco.«

## 17

Für seinen Traum also schluckte Rocco die Kotze hinunter. Für die Päpstliche Schweizergarde durchlöcherte er tote Katzen und Frauenbrüste aus Papier. Er beendete die Rekrutenschule und machte sich auf die Suche nach einer Lehrstelle. Und er fand eine, weil es immer Menschen gibt, die sich für die sozial Schwachen einsetzen.

Die Gründerin der »Panifattura« in Lugano war so ein Mensch. Selbst aus einfachen Verhältnissen stammend, wie sie in allen Interviews erzählte, hatte sie sich allen Widerständen zum Trotz zur erfolgreichen Geschäftsfrau hochgearbeitet. Was als Experiment mit Sauerteig und Bio-Weizenmehl begann, wuchs sich zur Großproduktion für eine ganze Region aus. Alles handgemacht.

»Die Vollkommenheit des Einfachen« war das Rezept der Panifattura, das zum Erfolg führte und sich in Sauerteigbroten dreierlei Variationen materialisierte. Sie sahen alle schwarz verkohlt aus und wurden von Kennern wegen ihrer Röstaromen gepriesen. Die Erfinderin wurde innert Kürze zur Herrscherin über fünf Verkaufsstellen in drei Schweizer Städten und belieferte große Institutionen mit ihren Produkten. Ihr Herz blieb jedoch auch auf der Erfolgsleiter auf dem rechten Fleck. Manchmal langte sie in die Niederungen der Gesellschaft und fischte einen sozial Schwachen aus dem Sumpf. Den Auserwählten übergab sie dem Lehrmeister, der »ein gutes Händchen für solche Menschen« hatte, wie sie im einen oder andern

Interview erzählte. Rocco war einer dieser Glücklichen, die eine Chance geschenkt bekamen.

Er nutzte sie.

Er lernte vier Tage die Woche im Betrieb der Panifattura in Lugano das Bäckerhandwerk und besuchte am fünften Tag die Berufsschule. Er stand um 2 Uhr nachts auf, begann um 3 Uhr in der Backstube und verließ sie kurz vor Mittag. Er lernte »das gute Händchen« seines Lehrmeisters kennen, das Teig liebevoll zu kneten wusste und manchmal zu lange auf Roccos Schulter ruhte. Rocco biss die Zähne zusammen. Er umging jeden Konflikt. Wenn Wut in ihm aufwallte, schluckte er. Wenn Zweifel aufkämen, streifte er in Gedanken die weißen Handschuhe über und streichelte den glänzenden Griff seines Schwerts.

Weitermachen, Rocco.

Rocco machte weiter und besuchte nebenher täglich seine *mamma*, die im Pflegeheim vor sich hinsiechte. Als er nach drei Lehrjahren das Eidgenössische Fähigkeitszeugnis im DIN-A5-Format im roten Mäppchen überreicht bekam, weinte er. Er war jetzt Bäcker-Konditor-Confiseur EFZ. Ziel erreicht.

Zwei Wochen später erstickte die *mamma* in der Nacht.

»Eine verirrte Seele wurde erlöst«, sagte der zuständige Pfarrer, als er ihre Asche ins Gemeinschaftsgrab auf dem Friedhof rieseln ließ.

»Und du, mein Sohn?«, fragte der Pfarrer und fixierte Rocco. »Lebst du gottgefällig?«

Himmel, ja! Rocco gab sich große Mühe. Wirklich!

Für die Dorfgemeinschaft tat er das, was er gut konnte: backen. Seine Brote verwandelten jede Zusammenkunft in einen speziellen Anlass, trugen ihm Lob von Feinschmeckern und hämische Bemerkungen von Neidern ein. Er backte sie in seiner freien Zeit. Er variierte die Sorten. Er teilte sein Wissen mit jenen, die sich für die Kunst des Backens interessierten.

Ja, Rocco lebte gottgefällig, verdammt!

Manchmal grub er die Fingernägel in die Handballen, bis sie rotviolette Halbmonde hinterließen.

Weshalb nur musste er dauernd beweisen, dass er ein *Mensch* und kein Monster war?

In diesen Momenten gelang es ihm nur mit äußerster Anstrengung, sich die weißen Handschuhe der Päpstlichen Schweizergarde anzuziehen. In diesen Momenten entglitten ihm die Hellebarde und das Schwert. Er kroch dann ein Stück am Boden, bis er sie wieder fassen konnte. Bis er wieder aufrecht stand und wusste, warum er sich all dem unterwarf:

Er wünschte einen Platz für sich, dort in Rom unter dem blauen Himmel.

## 18

Es kam der Tag, an dem Rocco das letzte Häkchen auf seiner Liste setzen konnte. Er hatte getan, was er tun konnte. Die Voraussetzungen für eine Bewerbung waren erfüllt.

Er war ein Mann und Schweizer.

Er war Single und dreiundzwanzig Jahre alt.

Er war einen Meter achtzig groß.

Seine Gesundheit war tadellos. Er war drogenfrei (wie eh und je) und durfte in Raten abzahlen, was ihn die Zahnsanierung gekostet hatte.

Er war römisch-katholisch. Vom zuständigen Pfarrer hatte er ein Empfehlungsschreiben erhalten mit der Bestätigung, dass er gottgefällig lebte.

Die Kopien der Seiten 3, 5, 12, 13, 36 und 37 aus dem Dienstbüchlein lagen bereit. Eine Kopie des EFZ und eine vom Notenausweis ebenso.

Die Anschrift des Lehrmeisters mit dem guten Händchen hatte er notiert.

Anschrift von Rekrutenschule, Polizeistelle, Pfarramt: alles da.

Ein Arbeitszeugnis, Auszug aus dem Geburtsregister, Kopie des Familienbüchleins: alles da.

Taufzeugnis, Firmzeugnis, Auszug aus dem Zentralstrafregister, Auszug aus dem Betreibungsregister: alles da.

Der Fragebogen zu seinen Familienverhältnissen quälte Rocco zwei Nächte lang.

Wie war seine Familie aufgebaut?

Wohnten sie alle in derselben Wohnung?

Mit wem verbrachte er am meisten Zeit: mit dem Vater, der Mutter, dem Bruder, der Schwester?

Der Vater, die Mutter, der Bruder, die Schwester: Hatte jemand von ihnen je psychologische Probleme?

Was sollte einer wie Rocco hier schreiben?

Eine Familie für den Fragebogen erfinden, eine richtig schöne Familie? Papa und Mama und eine Schwester, die mit Rocco in derselben Wohnung lebten, gottgefällig und nervlich gesund?

Selbstverständlich war Rocco versucht zu lügen. Alter Reflex, tausendmal angewandt und bewährt in Teenagertagen.

Aber Lügen haben kurze Beine!, hörte Rocco die Therapeuten aus den *Time-outs* rufen.

Wollte Rocco mit kurzen Beinen unterwegs sein?

Nein.

Rocco wollte groß und stark sein. Er wollte in Siebenmeilenstiefeln nach Rom eilen.

»Mit der Mutter«, schrieb Rocco. Mit der Mutter verbrachte er am meisten Zeit. Jetzt war sie leider gestorben.

Und *papà*?

Roccos Augen brannten, als er nachts um vier noch immer vor dem Bildschirm mit den Fragen saß.

*Papà* war fort. Bumm, zack, weg. Fort samt kitzligem Schnauz und starken Armen.

Das schrieb Rocco nicht. Zum Vater wusste er nichts zu sagen.

Seine Finger zitterten, als er die Bewerbung abschickte.

# 19

Roccos Freude war groß, als er zum Bewerbungsgespräch eingeladen wurde. Unendlich groß.

Immer wieder wandte Rocco sich dem Brief zu, den er in der kleinen Küche an die Wand gepinnt hatte und der mit den Worten begann: *Sehr geehrter Herr Nardone …*

Der Rekrutierer der Informations- und Rekrutierungsstelle der Päpstlichen Schweizergarde hatte ihn unterzeichnet. Die Informations- und Rekrutierungsstelle befand sich in Lugano, fünfzehn Kilometer von Roccos Wohnort entfernt.

So nah schien Rom plötzlich.

Immer wieder strich Rocco sanft über das Logo der Päpstlichen Schweizergarde, mit dem der Brief versehen war. Immer neue Sätze dachte er sich für das Bewerbungsgespräch aus. Manchmal übte er vor dem kleinen Spiegel im Badezimmer. Sein Herz klopfte heftig dabei. Wenn er nachmittags nach der Arbeit schlafen ging, träumte er von Bewerbungsgesprächen, in denen es ihm die Kehle zuschnürte. Kein Wort kam über seine Lippen. Manchmal grub er sich die Fingernägel in die Handballen, sodass sie rotviolette Halbmonde hinterließen. Wenn er dann schweißgebadet aufwachte, schälte er sich aus dem Knäuel aus Daunen- und Häkeldecken. Er tappte in die Küche, um einen Schluck Wasser zu trinken. Er berührte mit seinen Fingerspitzen das Logo auf dem Brief. Noch elf Tage, bis er zur Informations- und Rekrutierungsstelle der Päpstlichen Schweizergarde in Lugano aufbrechen durfte. Die Nacht davor hatte er von seinem Vorgesetzten freibekommen.

Noch zehn Tage.

Sieben.

Vier.

Noch einen Tag.

## 20

Am Morgen des 20. April 2021 zog Rocco den Anzug an, den er sich für das Bewerbungsgespräch gekauft hatte. Er übte ein letztes Mal vor dem Spiegel. Dann setzte er sich auf den Roller und fuhr an die Via Nassa in Lugano. Er war viel zu früh. Er ging ein paarmal die Straße hoch und wieder hinunter, wich den Männern in Anzügen aus, die vorbeihasteten. Dann klingelte er bei den glänzenden Schildern der Hausnummer 3. Im Aufzug roch es nach Parfüm. Oben musste er nochmals klingeln. Die Tür öffnete sich in einen hellen Raum, der ganz aus Marmor gemacht schien. Rocco blieb stehen, bis die Frau hinter dem großen Desk lächelte und ihm bedeutete, näher zu treten. Seine Schritte hallten unangenehm laut. Seine Kehle war so eng, dass er einen zweiten Anlauf brauchte, um zu sagen, weshalb er hier war.

»*Certo*«, sagte die lächelnde Frau und deutete in den Korridor aus Marmor. »Setzen Sie sich bitte in die Wartezone vorne rechts. Ich gebe Signore Bossart Bescheid.«

## 21

An diesem Morgen war Daniele Bossart wie immer federnden Schrittes unterwegs. Die nächste Stunde rechnete er »im Dienst des Herrn« ab, wie er gerne sagte. Er liebte sein Mandat für die Päpstliche Schweizergarde und sah sich als »Trüffelschwein für den Heiligen Vater«, haha. Nur die Besten waren gut genug, den Papst zu bewachen. Es schmerzte ihn sehr, dass immer weniger junge Schweizer danach strebten, sich für die Kirche Jesu Christi und den Nachfolger Petri einzusetzen. Damit war Daniele Bossart als Rekrutierer gezwungen, Bewerber zu sichten, deren Unterlagen er vor ein paar Jahren auf die Ablage »untauglich« gelegt hätte, sprich Schredder.

Zum Beispiel die Bewerbung von diesem jungen Mann hier. Bereits der Händedruck war wenig Erfolg versprechend. Auch beim nächsten Test ließ der Kandidat zu wünschen übrig. Denn Daniele Bossart nutzte den Weg von der Wartezone in sein Büro für ein kurzes Schaulaufen. Natürlich ohne Wissen der Bewerber.

Trat hier einer schneidig auf?

Ließ er seine Hacken knallen?

Oder schlich er lautlos hinterher wie dieser Kandidat – wie war nochmals sein Name?

In seinem Büro ließ Daniele Bossart den jungen Mann am kleinen Besprechungstisch Platz nehmen. Er setzte sich gegenüber, das Fenster im Rücken, sein Gesicht im Schatten. Der Kandidat wurde vom Tageslicht ausgeleuchtet. Ideale Interviewsituation. Kleiner Kniff eines alten Hasen, für jegliches Bewerbungssetting zu empfehlen. Dann stellte sich Daniele Bossart vor. Er beschrieb seine frühere Funktion in der Garde, aber nur kurz. Es sollte hier schließlich um den Kandidaten gehen, nicht um den Rekrutierer.

»Nicht wahr, Signore« – Daniele Bossart blätterte im Dossier – »Nardone?«

Daniele Bossart blätterte noch eine Weile weiter. Den Bewerber erst mal ankommen lassen. Beobachten, wie der junge Mann sich verhielt. Wie er sich platzierte im bequemen Sessel. Wie er sich umsah. Körperspannung, Blickführung. Ob er eine Kontaktaufnahme wagte oder sich stumm in die Stille fügte. Manche der jungen Männer begannen zu plaudern, suchten angestrengt nach Gesprächsstoff, steigerten sich in schwachsinnigen Small Talk hinein. Sie zerstörten den ruhigen Moment. Diese Bewerber schieden aus, noch bevor das Bewerbungsgespräch begonnen hatte. Daniele Bossart setzte dann ein kleines Kreuz aufs Dossier. Kandidat tot.

Solche Schwätzer würden es nie begreifen: Die Qualifikation bestand bei diesem Job darin, den Mund zu halten. Und zwar tagelang. Wochenlang. Monatelang. *Immer.* Schweigen und in Habachtstellung verharren.

Der Kandidat hier bestand den Schweigetest zu hundert Prozent. Da saß tatsächlich einer, der nur das Nötigste sagte. Und zwar ausschließlich dann, wenn er etwas gefragt wurde. Das gefiel Daniele Bossart und überraschte ihn. Er setzte ein Häkchen. Kommunikationsfähigkeit: top.

Die Leistungsbereitschaft war im Dossier ersichtlich und in den Antworten kongruent dazu.

Ebenfalls: top.

Auch die Motivation des Kandidaten entsprach dem, was

das Kommando der Garde vorgab. Der junge Mann sah es als Ehre und Pflicht, sein Leben für den Papst hinzugeben. Daniele Bossart setzte wieder ein Häkchen. Er war jetzt allerdings etwas irritiert, weil der junge Mann ungefragt weiter zum Thema »Motivation« Auskunft gab. Der Junge schwadronierte von Rom und persönlichen Wünschen. Es war eine Leier, die Daniele Bossart sich heutzutage zunehmend von Kandidaten anhören musste. Als ob es hier um den Bewerber ginge, den Einzelnen! Welch ein Irrtum, dem diese verwöhnte Generation unterlag.

Daniele Bossart sah auf seine *Watch*. Er wandte sich in Gedanken dem milliardenschweren Fusionierungs-Fall zu, den er als Nächstes in Angriff nehmen würde. *Das* war eine *challenge*. Eine mit Konsequenzen. *Weltweiten* Konsequenzen.

»Signore Nardone«, unterbrach Daniele Bossart. »Sie sind ein fähiger junger Mann. Leistungsstark und beharrlich. Konsequent. Aber.« Daniele Bossart klopfte auf das Dossier. »Hier kommt das große Aber.«

Zerrüttete Verhältnisse in der Familie. Instabilität als Dauerbegleiter in der Biografie. Das führte zu Anfälligkeit für Drogenmissbrauch. Das führte zu potenzieller Depression. Mit allem, was dazugehörte. Insubordination war noch das geringste Übel. *Insubordination.*

»Sie wissen, wovon ich spreche, nicht wahr?«

Daniele Bossart hatte sich beim Reden zurückgelehnt und beugte sich jetzt wieder vor.

»Risikofaktoren, Signore Nardone. Das sind alles *Risikofaktoren*.« Daniele Bossart klopfte auf das Dossier. »Einer wie Sie bedeutet Sprengstoff im Gefüge. Das kann sich die Päpstliche Schweizergarde nicht leisten.«

Daniele Bossart suchte Blickkontakt mit dem Bewerber.

»Dabei haben Sie«, er deutete aufs Dossier, »Sie haben

in Ihrem Leben bereits eine wichtige Aufgabe.« Er lächelte aufmunternd. »Sie versorgen die Menschen mit ihrem täglichen Brot. Führen Sie«, Daniele Bossart beugte sich etwas weiter vor, »führen Sie Ihren Beruf verantwortungsvoll aus. Tragen Sie so einen wichtigen Teil zur Gesellschaft bei.«

Er öffnete das Dossier nochmals, blätterte.

»Sie sind immer noch im selben Betrieb, in dem Sie gelernt haben? Heuern Sie auf einem Kreuzfahrtschiff an! Dann wachen Sie jeden Tag an einem anderen Ort auf.«

Daniele Bossart erhob sich und bedeutete dem Kandidaten, dasselbe zu tun.

»Bewegen Sie sich, junger Mann. Das Leben beginnt am Ende der Komfortzone.«

## 22

Wie es Rocco nach der Begegnung mit dem Rekrutierer der Päpstlichen Schweizergarde erging? Man kann es sich ausmalen.

## 23

In der kleinen Wohnung gegenüber der Casa anziani in Castelrotto war das Licht unterdessen gelöscht. In der Küche stand das Fenster offen. Der Duft von frisch gebackenem Brot mischte sich mit der kühlen Luft einer Nacht Ende September. Auf dem Tisch waren im Schein der Straßenleuchte sechs Laibe zu erkennen. Die schön gebräunte Kruste versprach selbst in schlechtem Licht ein feuchtes, weiches Innenleben. Im Zimmer neben der Küche war der große Bildschirm dunkel. Aus dem Sofa war ein Bett geworden. Dort lag Rocco und schlief, in ein Knäuel aus Daunen- und Häkeldecken eingewickelt. Nicht einmal das kurze Aufheulen eines Rettungswagens vermochte ihn aus seinem Traum zu reißen. Nur die alte Dame gegenüber wachte über das Geschehen in dieser Nacht, in ihrem Zimmer, dessen Wände in einem Reigen bunter Farben leuchteten.

# *Teil 3*

# 1

Es war früher Freitagabend, der 30. September 2022. Drei Tage und zwei Nächte waren vergangen, seit eine Hundehalterin in der Nähe des Ruderclubs am Sentiero di Gandria den toten Anwalt gefunden hatte, das Einschussloch mit einem Messermiezen-Stickfilz geschmückt. Seither war die Südtessiner Bevölkerung von Puppenmännern und schwarzen Textil-Katzen verschont geblieben. Die echten Tiere streiften wie gewohnt durch ihre Reviere, nur rund um die Schiffsanlegestelle von Lugano Paradiso schlichen noch immer auffällig viele schwarze Katzen. Sie fetzten sich mit Zähnen und Krallen und waren so sehr in ihre Revierkämpfe vertieft, dass sie die Attacken der Tauben ignorierten. Nachts fühlten sich die Gäste der Hotelpaläste entlang der Promenade vom Geschrei der Kater belästigt. Die Stadtgärtner lehnten jede Zuständigkeit ab und verwiesen an jene, die in der *Amministrazione* an ihren Bürotischen saßen. Der Tierschutz griff ein. Er prangerte die Missstände an, während die öffentliche Debatte darum kreiste, wie dringlich das Katzenthema an Luganos Promenade angesichts der Klimakrise war. Auch in den nicht-urbanen Teilen des Südtessins erhielten Freigänger-Katzen in Schwarz mehr Aufmerksamkeit als früher. Manch ein Bewohner musste an die Messermiezen denken, wenn eine schwarze Katze seinen Weg kreuzte. Und manche Bewohnerin verscheuchte ein Tierchen, das sie vor diesen Ereignissen noch liebkost hätte.

## 2

Auch Emma stellte erstaunt fest, dass sie überall schwarze Katzen sah. Wie schnell sich die Wahrnehmung verändern konnte, wenn man einmal den Fokus auf etwas Bestimmtes gelegt hatte. Emma fühlte sich an das Jahr erinnert, in dem sie ausschließlich schwangere Frauen sah. Große und kleine Bäuche hatten sich in ihr Blickfeld geschoben, egal, wohin sie ging. Und Kinderwagen. Kinderwagen überall, die Gehsteige zustellten, durch Supermärkte gerollt wurden, die Gänge in den Regalreihen versperrten. Und all die Babys in Tragetüchern! Überall wurden Neugeborene durch die Welt getragen, bucklige Beulen vor der Brust ihrer glücklichen Eltern. Es war das Jahr, in dem Emma auf Bäuche und in Kinderwagen schaute, Babygesichter in Tragetüchern suchte und dachte: Ich will auch.

»Du willst immer etwas«, hatte Remo geklagt, ihr Ex-Mann. »Warum reicht dir nie, was du hast? Du und ich, wir beide – mir reicht das vollkommen.«

Also riss sich Emma zusammen. Sie bemühte sich darum, weniger zu wollen. Sie redete sich selbst gut zu. Sie sah die Freiheiten, die ein kinderloses Leben mit sich brachte. Sie genoss sie sogar. So schaffte sie es im Laufe der Zeit, Bäuche, Kinderwagen und entspannte Babygesichter aus dem Fokus zu verlieren. Als Emma so weit war, dass Remo ihr vollkommen reichte, fiel für Remo der Engel vom Himmel. Besagte Tanja vom Betriebsausflug. Emma blieb mit einem verdrängten Wunsch allein zurück.

Mit der Zeugung eines Kindes hätte sie sich aus biologischen Gründen arg beeilen müssen.

Und wie mal schnell einen guten Mann finden? Dem auch die Rolle eines Vaters zuzutrauen war?

Fragen über Fragen, deren Beantwortung Emma irgendwann aufgab. Sie versank in den Untiefen der Trauer.

*Madonna.* Emma schüttelte den Kopf. Weshalb war sie in Gedanken schon wieder bei ihrem Ex gelandet?

Genau.

Wegen dem Kinderwunsch damals. Jetzt waren es nicht mehr Babys, auf die sich Emmas Blick konzentrierte. Jetzt waren es schwarze Katzen.

Gerade eben schlich eine um die Beine der Gäste ein paar Tische weiter, mit der eindeutigen Absicht, sich einen Bissen von den Schweinebäckchen zu erobern, die über ihr verspeist wurden.

»*No*, Rubio.«

Rubio hatte sich knurrend erhoben.

»*NO!*«

Das Paar am Nebentisch sah sich um, Tadel im Blick. Wessen Hund war hier schlecht erzogen? Emma zeigte ihr falschestes Lächeln, strich Rubio über die aufgestellten Nackenhaare und versuchte gleichzeitig, ihr Handy aus der Tasche zu ziehen. Es hatte zu klingeln begonnen, was nun ein Kopfschütteln am Tisch nebenan auslöste. Vielleicht war es ein Anruf von Marco, den wieder eine dringende Sache daran hinderte, pünktlich zur Verabredung einzutreffen?

Ein Déjà-vu durchzuckte Emma: Genau so hatte sie vor drei Jahren mit Rubio hier im *ristorante* auf der Alpe Vicania gesessen, am schönsten Tisch, ganz vorn auf der gemähten Wiese. *Reserviert für Bianchi*, hatte jemand in schöner Schrift auf das Schildchen geschrieben. Der nette

Herr, der sie empfangen hatte, Kleidung und Benehmen nach derjenige, der das *ristorante* führte, hatte Emma ein Glas Weißwein und für Rubio eine Schale mit Wasser gebracht. Das *ristorante* war früher ein Hof, das Wohnhaus und die Tiere waren unter einem Dach untergebracht. Emma hatte die grüngoldenen Weiden rundum betrachtet, die grasenden Pferde. Sie hatte den BMWs und Mercedes zugesehen, die an der Gastwiese vorbei zum Parkplatz brausten, der sich hinter dem Gebäude befand. Damals hatte sie nicht geahnt, wie nahe sie der Lösung des zweiten Falls für Tschopp & Bianchi saß.

Jetzt klingelte ihr Handy.

»Marco?«

Die Verbindung war schlecht. Marco hörte sich an, als befände er sich in der Unterwelt.

»Hat dich jemand entführt, Commissario?«

Emma erhob sich, um dem feindseligen Paar zu entgehen, den noch immer knurrenden Rubio hinter sich herzerrend. Die schwarze Katze hatte sich mit ein paar Sprüngen auf eine Holzbeige verzogen und ignorierte den aufgebrachten Hund demonstrativ.

»Ein neuer Auftrag, Commissario?«

Emma versuchte eine Weile, den abgehackten Sätzen zu folgen, bevor Marco beschloss, das Telefonat zu beenden und so schnell wie möglich zum vereinbarten Abendessen auf die Alpe Vicania hochzufahren. Emma und Rubio kehrten an ihren Tisch zurück. Das feindselige Paar floh vor dem kühlen Abendwind auf die verglaste Veranda, nicht ohne Emma und Rubio nochmals verächtlich zu mustern. Warum bloß gab es so viele Menschen, die bereits beim Alltäglichsten kleine Kriege führten? Wozu dienten die Gefechte, weshalb all das Gift? Emma schüttelte den Kopf, während sie dem netten Herrn bedeutete, ihr noch ein Glas Weißwein zu bringen. Dann holte sie die Tupperware aus dem Rucksack und stellte Rubio sein Nachtessen hin: zweihundert Gramm Premium-Trockenfutter, über Nacht in Wasser eingeweicht und zur Pampe aufgequollen. Einmal mehr sah sie fasziniert ihrem Hund zu, der die Plastikbox innerhalb von zwei Minuten leer fraß und mit seiner wendigen Zunge ausleckte, bis kein einziges Partikelchen Futter mehr daran klebte. Emma kraulte ihn hinter den Ohren, nachdem er seinen warmen Kopf auf ihren Oberschenkel gelegt hatte. Wie friedlich es sich hier oben ausnahm. Die Sonne war unterdessen untergegangen, ein Streifen Abendhimmel leuchtete violett. Die Eltern hatte ihren Nachwuchs in die SUVs verfrachtet und waren davongebraust, Staubwolken über der Naturstraße hinterlassend.

»Wir haben Glück, Rubio. Du hast einen vollen Bauch und ich bald auch. Dazu frische Luft und Wein.« Emma hob ihr Glas. »Auf den Frieden, den inneren und den äußeren. Prost, Rubio.«

Sie zuckte zusammen, als Rubio hochschoss und ihr dabei das Glas aus der Hand schlug. Es knallte auf den Tisch, bevor seine Scherben dann geräuschlos ins Gras fielen.

»Rubio! *No*, Rubio! *NO!*«

Emmas Ruf verhallte auf der Weide. Auch ihre Pfiffe blieben unbeachtet. Seufzend erhob sie sich und rannte in die Richtung, in der Hund und Katze im Halbdunkel verschwunden waren.

# 3

Marco Bianchi saß am Steuer seines dunkelblauen Volvos und ließ sich dazu verleiten, einen Song im Radio mitzusingen. Er war ein bisschen erstaunt über sich selbst. Dass er beim Autofahren sang, kam beim Commissario selten vor. Eigentlich nie. Die Aussicht auf einen Abend mit Emma und Rubio auf der Alpe Vicania freute ihn so, dass er nicht mehr an sich halten konnte. Rubio würde ihn schwanzwedelnd empfangen, so überschwänglich, als hätten sie sich nicht erst vor zwei Tagen gesehen. Und Emma würde … Ja, was würde sie? Würde sie ihn gewohnt kumpelhaft begrüßen und damit ignorieren, was in der Nacht von Dienstag auf Mittwoch geschehen war? Kehrte sie in die professionelle Distanz zurück, die sie so gut beherrschte? Marco unterbrach sich mitten im Song. Seine Wangen wurden warm, wenn er an die Nähe dachte, die dort in Emmas Garten wieder entstanden war. Sie hatten mühelos an frühere Zeiten anknüpfen können. Als wäre die Zäsur aus dem fürchterlichen Nachtessen mit seiner Tochter in weite Ferne gerückt. Seit Dienstagnacht traf jede einfältige Redewendung auf Marco zu. Er hatte Schmetterlinge im Bauch. Er schwebte auf Wolke sieben. Amors Pfeil steckte noch immer tief. Marco versuchte gar nicht erst, ihn aus dem Herzen zu reißen, sondern lief Gefahr, sich lächerlich zu machen. Das war ihm bewusst. Er machte sich verletzlich. Bis letzten Sommer vor drei Jahren hätte der Commissario in ihm das nicht zugelassen. Er hätte interveniert und sich selbst Prinzipien auferlegt:

Lass dich nicht zur Witzfigur machen. Haltung bewahren, Haltung, Marco!

Kein Hin und Her!

Lass nicht so viel Auf und Ab zu.

Geh deinen Weg. Immer geradeaus! Sei konsequent!

Wie viel Gutes die Konsequenz verhinderte, dachte der Commissario jetzt. So viel ging nie in Erfüllung, weil es frühzeitig abgewürgt wurde.

Was bloß machte den Reiz aus, immer geradeaus zu gehen?

Gerade Wege waren effizienter, hätte der Commissario früher gesagt. All das Hin und Her brauchte Zeit. Jedes Auf und Ab kostete Kraft.

Aber man konnte dazu singen, dachte der Commissario, und setzte zusammen mit Kate Bush zum Refrain an:

*»Be running up that road*
*Be running up that hill …«*

Vielleicht würde Emma ihn küssen, seinen Halsansatz, den sie so mochte. Dort, wo das weiße Hemd ein Stück Haut freigab, bevor sich weiter unten die geschlossenen Knöpfe übereinander reihten. Aber es war auch gut möglich, dass Emma ungehalten mit der Menükarte winkte und über die Alpweide rief: »*Madonna*, Commissario, ich bin am Verhungern! Rindstatar, Brasato oder Gnocchi mit Ragout? Entscheide dich, schnell!«

# 4

Variante zwei aus Marco Bianchis Tagträumereien traf ein: Emma winkte ungehalten mit der Menükarte. Den Kuss erhielt er von Rubio, dessen Schlabberzunge enthusiastisch sein Gesicht liebkoste. Auch als sie längst fertig gegessen hatten, erhob sich der Hund, um Marco nochmals schwanzwedelnd zu umrunden. Die Stimmung war allseits gut. Marcos Gnocchi mit Ragout waren vorzüglich, Emmas Rindstatar ebenso. Rubio nagte an einem getrockneten Schweineohr. Der Merlot von der benachbarten Tenuta Castello di Morcote schmeckte. Die gemeinsame Nacht von Dienstag auf Mittwoch sprach niemand von ihnen an. Ihre Unterhaltung kreiste um die Firma. Emma hatte die Zahlen überschlagen. Aktuell sah es nicht schlecht aus, sie waren ziemlich ausgelastet. Die Aufträge reihten sich lückenlos aneinander. Marco erzählte von seinen beiden letzten Tagen als Dauerüberwacher einer Siebzehnjährigen. Er hatte den Auftrag am Mittag abschließen können.

»Und?«, fragte Emma.

»Ich bin erleichtert«, sagte Marco.

»Nicht deine Befindlichkeit.« Emma wedelte seine Worte weg. »Die der Mutter. Hat sie erreicht, was sie wollte?«

»Sie wollte nie etwas erreichen«, sagte Marco. »Sie hatte bloß Angst um ihre Tochter.«

Emma grinste. »Du glaubst auch alles, Commissario.«

Marco fuhr auf. »Spotte nicht über die Angst einer Mutter.«

»Das steht mir nicht zu, Marco. Nie würde ich das tun. Aber das Motiv für diesen Auftrag war nicht Angst um die Tochter. Sondern Kontrolle über sie.«

»Und woher willst du das wissen?«

Marco beugte sich vor. Wenn sie über *seinen* Auftrag streiten wollte – dann los, er war dabei. Die beiden Nasenspitzen berührten sich beinahe.

»Weil am letzten Montag der Vater vor meiner Tür stand.«

»*Ihr* Vater?« Marco kniff die Augen zusammen. »Mach keine schlechten Scherze mit mir, Emma.«

»Kein Scherz, Commissario.« Emma lehnte sich zurück. »Wir führten ein Erstgespräch. Kostenlos, wie immer.«

»Und?«

»Gleich anschließend ein kostenpflichtiges, sehr kurzes Gespräch zur Sachlage. Fertig.«

»Kein Auftrag?«

Emma schüttelte den Kopf. »Ich habe ihn nicht angenommen.«

»Sieh da«, sagte Marco und beugte sich noch weiter vor. »Wir nehmen *jeden* Auftrag, Emma! Wählerisch kannst du später sein, wenn …«

»… wir überrannt werden. Ich weiß, Commissario.« Emma grinste und stützte sich wieder auf dem Tisch auf. »Aber ich wäre dauernd dir hinterhergelaufen. Und das will ich nicht.«

*»Mir?«* Marco merkte, wie ihm der Mund offen stehen blieb. Dann begriff er endlich. »Er wollte *dich* damit beauftragen, seine Tochter zu observieren?«

Emma nickte. »So ist es. Ich habe abgelehnt und ihm drei Anweisungen gegeben.«

Marco wollte schon lachen. Aber der Schalk war aus Emmas Augen verschwunden.

»Erstens: Er soll sein Kind in Ruhe lassen. Zweitens: Dringend ein klärendes Gespräch mit seiner Frau führen. Drittens: Sein Kind immer noch in Ruhe lassen.«

Sie sahen sich schweigend an. Ein Blick wie eine Ewigkeit, so schien es Marco. Dann hob er langsam seine Hand und strich mit einem Finger sehr sanft über Emmas Nase. Wahrscheinlich schloss er die Augen, als Emma sich der Stelle entgegenneigte, wo sein Hemd am Hals ein Stück Haut freigab. Jedenfalls zuckte er zusammen, als Emmas Stimme ihn abrupt an den Tisch zurückholte.

»Erzähl von deinem neuen Auftrag, Commissario. Hat dir dein Nachfolger im Commissariato Lugano endlich ein gut bezahltes Mandat angeboten?«

»Ja«, sagte Marco und musste lachen, als er Emmas verblüfftes Gesicht sah. »Kein Scherz.«

# 5

Es war tatsächlich kein Scherz. Marco Bianchi hatte an diesem Freitagnachmittag einen Anruf erhalten. Ein schlecht gelaunter Bruno Costa wand sich hörbar, als er sein Anliegen überbrachte: Sein Vorgesetzter wünschte, dass Marco Bianchi in den Fall des erschossenen Anwalts einbezogen wurde. Diskret und vertraulich. Bezahlung gemäß abzuschließender Vereinbarung. Eine einmalige Sache, wie Bruno Costa hastig nachschob. Das Commissariato sei chronisch unterbesetzt.

Marco Bianchi sagte unter einer Bedingung zu: kein Mandat mit Marco Bianchi ohne Emma Tschopp.

»Und?«, fragte Emma. »Wie hat Costa reagiert?«

Marco öffnete seine Umhängetasche, die er neben den Stuhl gestellt hatte, zog ein Mäppchen hervor und legte es vor Emma auf den Tisch.

»Die Vereinbarung mit der Detektei Tschopp & Bianchi. Bereit zum Unterzeichnen.«

Emma pfiff leise durch die Zähne. »Du bist gut, Commissario.« Sie las die Vereinbarung durch und holte dann einen Stift aus ihrer Tasche. »Hat Costa etwas dazu gesagt, wie sich unsere Zusammenarbeit gestaltet?«

»Wir sollen ihn verdammt noch mal seine Arbeit tun lassen. Und ihn mit deinem wirren Zeug verschonen.«

Emma hob die Brauen. »Der gute alte Costa.« Sie setzte ihre Unterschrift auf das Papier. »Dann hat er offensichtlich eine Spur gefunden. Hat er sie dir verraten?«

»Ja.« Marco nahm die Vereinbarung entgegen, die Emma

ihm hinschob. »Seine Spur führt zur Ehefrau des Opfers. Ehekrieg, seit Jahren. Vom Umfeld des Paares bestätigt.«

»Ach, mal wieder der Frau die Schuld aufladen? Er behauptet bestimmt, dass sie einen an der Waffel hat. Und obendrauf hysterisch ist.«

Marco musste lächeln. »Das sagt er genau so. Laut Costa hat sie einen Auftragsmörder auf ihren Mann angesetzt.«

»Dann soll Costa mal seinen Auftragsmörder suchen«, sagte Emma. »Und wir finden den Menschen, der diese Puppenmänner inszeniert hat.«

»Ist das nicht derselbe?«, fragte Marco.

»Nein.« Emma hob ihr Glas. »Auf dich, du Mandatsjäger. Und auf mein wirres Zeug.«

# 6

Am Schluss des Abends auf der Alpe Vicania war an Autofahren nicht mehr zu denken. Marco ließ seinen Volvo auf dem Parkplatz hinter dem *ristorante* stehen. Emma hatte vorgesorgt und ihren vw-Bus zum Übernachten bereitgestellt. Sie mussten zwanzig Minuten zu Fuß den Wanderweg zum Castello di Morcote hinuntergehen. Es war sehr dunkel. Emma kicherte, Rubio markierte begeistert sein Revier, und Marco versuchte, den Lichtstrahl der Handytaschenlampe möglichst ruhig auf den Pfad vor sich zu richten. Er kannte den Abstellplatz, das realisierte er erst, als sie vor Emmas Camper standen. Hier hatten sie vor drei Jahren übernachtet. Emma hatte weich gebettet im Aufstelldach gelegen, Rubio auf seinem Platz unten im Bus und Marco auf einer Matte draußen am Feuer. Wieder stand der Bus gut verborgen auf einer Baustelle etwas außerhalb von Vico Morcote, sodass kein besorgter Dorfbewohner auf die Idee kam, die Polizei zu rufen. Auf drei Seiten schirmten Bagger und Container das Fahrzeug ab. Durch die Windschutzscheibe vorne ging der Blick frei in die dunkle Nacht über den Luganer See. Marco sah zum Aufstelldach hoch. Dieses Mal richtete er sich keine Matte draußen am Feuer ein. Er würde dort oben aufwachen und zusehen, wie Emma den Reißverschluss im Zeltfenster öffnete, um die Sonne zu begrüßen.

# 7

Rubio lag unten im Bus und versuchte vergeblich einzuschlafen. Er mochte dieses Vehikel nicht. Er mochte es noch weniger, wenn es wackelte wie jetzt. Er sehnte sich einmal mehr nach der warmen Küche im Arisdorfer Bauernhaus. Ob er jemals wieder dort einziehen durfte? Auf seiner löchrigen Decke liegen, in der Hofstatt frei spazieren? Wie er sich nach einer Nacht ohne diese Tessiner Tiere sehnte, die ihn mit ihrem Geschrei aufschrecken ließen. Wehe dem Viech, das es wagte, auch nur in die Nähe des Campers zu schleichen. Da – war da nicht ein Grunzen? Rubio schoss von seinem Lager hoch.

Ein Wildschwein?

Wildschweine mochte Rubio nicht. Er lauschte. Da war nichts. Eine Ratte vielleicht. Rubio ließ sich auf das Polster zurückfallen, diesmal in Seitenlage. Ein erneuter Versuch, endlich die geeignete Ruheposition zu finden. Rubio seufzte. Er wollte nichts als schlafen, endlich tief schlafen und träumen. Seinen Lieblingstraum von Emmas Tupperware, deren Inhalt nie ausging, auch wenn er fraß und fraß und fraß.

## 8

Der Eindringling blieb unbeachtet. Niemand registrierte einen Kurier, der Essen auslieferte. Kuriere waren überall. Auf Rollern und E-Bikes rollten sie durch die Gegend. Überall stellten sie ihre Fahrzeuge ab, vor Hauseingängen und auf belebten Gehwegen. Sie kurvten durch Villenviertel, fuhren Auffahrten von Anwesen hoch, nachdem sie sich als Lieferdienst gemeldet hatten. Sie passierten Tore mit Überwachungskameras ohne Diskussion. Sie waren immer willkommen. Es brauchte einer bloß eine große Lieferbox mitzuführen, hinten auf den Roller geschnallt oder vorne am E-Bike montiert. Die Lieferbox ließ Kuriere jede Festung passieren und barg wahlweise das, worauf die Kundschaft ungeduldig wartete: Vegetable Fried Rice, Big Tasty Single, Lemongrass Beef, Chicken Sweet & Sour, Green Curry, Döner Box. Homestyle Teriyaki Veggie. Pizza Piccante, Combo Menü, Greek Salad, Quesadilla de Pollo, Tacos Colorado, Rainbow Roll, Edamame, Pain au Chocolat.

Deshalb beachtete auch hier niemand den Roller und seinen behelmten Fahrer, der eine große Lieferbox durch den späten Abend trug. Er ließ Montagnola und Agra hinter sich. Er folgte der Via Monte Croce und der Via Roncone. Er erreichte sein Ziel im Dunkeln. Keinem der Apartmentbewohner des Resort Collina d'Oro, der jetzt noch mit seiner Limousine heimkehrte, fiel der Roller auf, der am Rand des Parkplatzes stand, dort, wo ein Feld den Motorrädern vorbehalten war. Eine unwirsche Apartmentbewohnerin hatte den Toröffner betätigt und etwas in englischer Sprache gezischt. Verirrte *delivery drivers* waren lästig, aber längst nichts Ungewöhnliches mehr. So kam es, dass der Fahrer seine große Lieferbox in den Park des Resort Collina d'Oro trug, mit einem Lächeln im Gesicht, das sich gut unter dem Helm verbergen ließ. Kluge Köpfe schützten sich schließlich. Auch die Handschuhe fielen niemandem auf. Wo es doch schon empfindlich kühl wurde an diesem späten Abend Ende September, sogar hier im Park des Resort Collina d'Oro, der mit 2500 Sonnenstunden pro Jahr gesegnet war.

# 9

Am nächsten Tag leuchtete ein blauer Himmel über dem Lago di Lugano. Kursschiffe zogen ihre Linien. Erste Segelboote dümpelten vor sich hin, auf eine Brise wartend. Oben in Vico Morcote schlugen die Glocken der Pfarrkirche Santi Fedele e Simone bereits die neunte Morgenstunde, als Emma das Zeltfenster auf dem Dach ihres vw-Busses öffnete. Rubio erwartete sie ungeduldig. Sein Frühstück war überfällig, Gassigehen sowieso. Marco beschäftigte sich vergnügt damit, Emmas Wassertank so aufzuhängen, dass sie fließend Wasser hatten. Dann wusch er die Kaffeemaschine sauber aus und setzte neuen Kaffee auf. Während er auf die Rückkehr von Emma mitsamt Rubio wartete und der Bialetti zuschaute, die zischend Kaffeedampf verströmte, fiel ihm ein, dass er wieder einmal sein Handy konsultieren könnte.

Es zeigte fünf Anrufe und eine Sprachnachricht von Bruno Costa vom Commissariato di Lugano.

»Resort Collina d'Oro, neuer Fund. *Porca miseria*, Marco, wach auf! Ich könnte dich hier gut gebrauchen!«

# 10

Die Frau aus Brotteig, die auf der Sonnenliege am Swimmingpool des Resort Collina d'Oro lag, bot einen gruseligen Anblick. In den vergangenen Nachtstunden hatten ein paar Nager sich an ihr zu schaffen gemacht. Ihre Brüste waren versehrt, die Beine zu Stümpfen abgefressen. Ein Loch in der Kruste gab den Blick ins Innere der Frau frei: weiche Krume, im Bauch eine Höhle. Die Arme und der Kopf waren unangetastet geblieben. Ihre Augen aus Beeren starrten zum Himmel hoch, ein Riss im Brotgesicht markierte den Mund wie ein höhnisch verzerrtes Grinsen.

Bruno Costa bedeutete der aufgelösten Finderin, endlich Ruhe zu geben, während er eine Nachricht für Marco hinterließ. Der Kerl nahm keinen seiner Anrufe entgegen.

Wozu hatte er gestern für viel Geld ein Mandat vergeben, wenn er doch wieder die ganze Arbeit allein machen musste?

Bruno Costa atmete einmal kurz durch und wandte sich wieder dem Hotelgast zu.

Oder musste man heutzutage Hotel*gästin* sagen?

Bruno Costa schnaubte. Die Frau hatte heute früh zwei Liegen am Rand der Reihe mit ihren persönlichen Tüchern belegen wollen, bevor alle anderen aus ihren Suiten quollen. Bevor diese laute Sippe aus dem Osten die gesamte Reihe in Beschlag nahm. Und die Familie mit den lärmenden Kleinkindern sollte möglichst keine freien Sonnenliegen mehr finden. Oder zumindest solche, die weit entfernt waren. Bloß Liegen hatte die Frau reservieren wollen.

Und dann das!

In einem Luxusresort!

Dort, wo Privilegierte im eigens für sie geschaffenen Paradies wandelten, auf kurz geschorenem Rasen und kühlem Marmor. An einem umfriedeten Ort, wo Zäune und Kameras jedes Gesindel abhalten sollten.

Wie konnte so etwas bloß geschehen?

Das hätte Bruno Costa auch gerne gewusst. Er dankte dem Direktor des Resorts von Herzen, der die zeternde Frau endlich übernahm und an einen schattigen Platz außer Hörweite führte. Costa war kurz davor zu explodieren. Das war wörtlich zu nehmen. Er konnte sich nicht daran erinnern, in seinen ganzen Berufsjahren je so voll Zorn gewesen zu sein. Das Verbrechen war sein Geschäft. Er liebte jeden Menschen, der ihm Arbeit lieferte, denn wie gesagt: Das Verbrechen war sein Geschäft.

Aber das hier.

Diese ganzen letzten Tage.

Sein Blick ging zurück zur Frauenfigur aus Brot. Schon wieder stand er vor etwas, das nicht wirklich ein Verbrechen war.

ABER ES WAR GOTTVERDAMMT PERVERS!

Etwas Abartiges spielte sich hier ab, und das bereitete Costa großes Unbehagen. Eigentlich war es mehr als ein großes Unbehagen. Die Summe der einzelnen Funde in den letzten Tagen ließen ihn so etwas wie – ja, so etwas wie Furcht verspüren.

In der Tat.

Der Commissario des Commissariato di Lugano hatte Angst vor einer Frauenfigur aus Brot.

Sein Handy klingelte, es war einer seiner Mitarbeiter.

»Die Leiterin der Casa anziani hat sich gemeldet.« Die Stimme des Mitarbeiters überschlug sich vor Aufregung.

»Und?«, knurrte Costa.

»Du weißt schon, die Institution in Castelrotto. Ich bin jetzt da.«

»VERSTANDEN!«, brüllte Costa ins Telefon. »Und was machst du da?«

Es blieb eine Tausendstelsekunde still.

»Der Rollstuhl«, der Mitarbeiter bemühte sich darum, sein Erschrecken mit fester Stimme zu überspielen. »Der Puppenmann Nummer 6 in Morcote. Der Puppenmann saß doch in einem Rollstuhl unter den Arkaden. Marke Teqler.«

»Und?«, knurrte Costa. Die Atemübungen. Er musste die Atemübungen wieder öfter praktizieren.

»Im Altersheim fehlt ein Rollstuhl.«

»Willst du sagen, dass der gottverdammte Morcote-Rollstuhl der Casa anziani gehört?«

»Höchstwahrscheinlich wurde er dort gestohlen, Chef.«

»PORCA MISERIA! Und das merken sie erst jetzt, diese Idioten!«

# 11

Ja, in der Casa anziani in Castelrotto merkten sie erst jetzt, dass ein Rollstuhl fehlte. In der Casa standen Rollstühle überall, in den Korridoren, vor den Zimmern, in den Zimmern. Rollstühle standen im weitläufigen Untergeschoss mit all seinen Räumen, in denen gelagert wurde, was ein Altersheim so brauchte: Windeln, Matratzenauflagen, Gehstöcke, Rollatoren, Rampen, Badewannenlifter. Kompressionsstrümpfe, Toilettenstühle, Schnabeltassen. Tonnen von Toilettenpapier, Handtüchern, Bettwäsche. Pflegebetten, Haltegriffe.

Hatten sie in der Casa anziani Zeit, Rollstühle zu zählen?

Nein, nein, und nochmals nein.

Signora Balbina, die Leiterin Pflege und Betreuung im Haus, war sehr aufgebracht. Sie war sofort nach Castelrotto gefahren, obwohl heute Samstag und ihr freier Tag war. Und jetzt musste sie sich von einem Polizisten ihren Betrieb durcheinanderbringen lassen. Sie und ihr Team mussten Fragen beantworten. Fragen über Fragen!

Als ob jemand von ihnen einen Rollstuhl klauen und mit einer perversen Puppe nach Morcote rollen würde.

Sie und ihr Team *arbeiteten* hier, falls das jemand noch nicht begriffen hatte!

Dieser Polizist hatte keine Ahnung davon, was das bedeutete. Jeden Tag und jede Nacht fünfzig alte Menschen versorgen: Aus dem Bett holen, ins Bett bringen. In den Rollstuhl setzen, zum Rollator führen, begleiten. Geduldig bleiben. Nur Schritt für Schritt vorankommen. Auf die Toilette begleiten, aus der Toilette wieder herausführen. Vor den Fernseher schieben. Auch mal Zeit für ein Kartenspiel finden, die Viertelstunde dann aber anderswo einsparen müssen. Dutzende von Medikamenten bereitstellen, dreimal täglich. Dabei zwingend das richtige Präparat dem richtigen Menschen verabreichen. Dabeistehen, bis die diversen Arzneien brav geschluckt waren. Essen bringen. Essensreste holen. Geschirr wegräumen. Schnabelbecher reichen. Gut zureden. Nett bleiben. Die Fassung bewahren, wenn der eine austickte, die andere an den Haaren riss. Fluchen freundlich unterbinden, Gezänk schlichten. Becher vom Boden aufheben. Schweinereien aufputzen. Überhaupt putzen. Oberflächen wischen, Münder, Hände. Füttern, Gemüse und Brei eingeben, Löffel für Löffel. Motivieren, Zuversicht verströmen, umgeben von Verfall. Den Glauben hochhalten angesichts des Endes, das die einen herbeisehnten und andere fürchteten. Haare kämmen, Zehennägel schneiden, Wundliegen vermeiden, Urin wischen, Kot abkratzen, Gebisse einlegen. Nachts Wache halten. Frühmorgens alles wieder von vorne. Und in diesem Arbeitsalltag, mit all diesen Aufgaben: Wie sollte ihr Team da noch ROLLSTÜHLE ZÄHLEN?

Signora Balbina las dem Polizisten die Leviten.

Danach, als er endlich abgezogen war, rief sie ihr Team zusammen. Sollte jemand auf die bescheuerte Idee gekommen sein, einen Rollstuhl zu klauen und *was auch immer* damit zu tun: einfach den Mund halten und weiterarbeiten.

Was das Thema Inventar-Kontrolle inklusive Rollstühle zählen betraf: *Vaffanculo!*

Das Team von Signora Balbina grinste und setzte seine Arbeit fort.

Niemand versuchte, die alte Dame zu verstehen, die sich dagegen wehrte, wieder auf ihr Zimmer gebracht zu werden. Sie wollte beim Eingang sitzen bleiben. Das Team fand schon lange keine Zeit mehr dafür, die wundersamen Wege im Hirn seiner Klientel nachzuvollziehen.

## 12

Auf ihrem Campingplatz hoch über dem Lago di Lugano hatten Emma und Marco keinen Blick mehr für den leuchtend blauen Himmel und die dümpelnden Segelboote. Marco hatte hastig die Rückruftaste gewählt und von einem erbosten Bruno Costa den Stand der Dinge erfahren.

»Eine Frauenfigur aus Brot und ein gestohlener Rollstuhl?«, rief Emma und verschüttete den Kaffee, als sie von ihrem Klappstuhl hochschoss. »Die Casa anziani übernehme ich, Commissario!«

Sie hatten ihr Lager abgebrochen. Emma hatte Marco zu seinem Auto beim Ristorante Vicania hochgefahren und war davongebraust. Jetzt war sie mit Rubio nach Castelrotto unterwegs. Fünfundvierzig Minuten dauerte die Fahrt via Sorengo und Agno in die Eichen- und Kastanienwälder des Malcantone hoch. Es schien Emma, als hätte sie vor langer Zeit auf der harten Erde des Weinguts Vallombrosa auf der Lauer gesessen, die Kamera auslösebereit. Dabei war dieser Auftrag erst eine Woche her. Dass sich vor Ort auch ein Altersheim befand, hatte Emma nur beiläufig registriert, den Fokus auf den untreuen Gatten gelegt. Und jetzt?

»Der gestohlene Rollstuhl? Da müssen Sie früher aufstehen, Signora Tschopp«, hatte Bruno Costa vorhin aus der Freisprechanlage in Emmas Bus gehöhnt. »Befragung im Heim erledigt. Auf meinen Mitarbeiter kann ich zählen, Signora Tschopp.«

Costa hatte den Anruf unterbrochen, bevor sie fragen konnte, was der Mitarbeiter in der Casa anziani in Erfahrung gebracht hatte. »Unfreundlich, dieses Personal im Gesundheitsbereich«, hatte Costa nur noch gesagt. »Viel Vergnügen.«

»Idiot«, brummte Emma. »Sieht so Zusammenarbeit aus?«

Sie schaute in den Rückspiegel. »Rubio!«

Rubio sprang von seinem Sitz auf und schaute mit hochgezogenen Lefzen zu ihr nach vorne.

»Du bist an der Reihe. Ich zähle auf dich!«

# 13

Marco saß auf dem Parkplatz des Ristorante Vicania auf dem Beifahrersitz seines Volvos und starrte in den Computer. Die Sonne hatte das Innere des Autos aufgeheizt, doch es ging nicht anders: Die auf der Naturstraße anbrausenden Geländewagen wirbelten so viel Staub auf, dass die Fenster geschlossen bleiben mussten. Marco schwitzte. Aber er recherchierte weiter. Er gab einen Begriff nach dem anderen ins Suchfeld ein.

Es *musste* eine Verbindung zwischen dem Mordopfer und der Magic Tour geben.

So viel Aufwand, der in den Inszenierungen an den Anlegestellen steckte. Dazu ein entwendeter Rollstuhl aus dem Altersheim, der eingesetzt wurde. Aber darum kümmerte sich Emma.

Für Marco bestätigte sich die These: Dieser Rollstuhl hatte dazu dienen können, den Puppenmann Nummer 1 auf die *Italia* zu schieben, bevor er zusammen mit Puppenmann Nummer 6 in Morcote hinterlassen wurde.

»Testen?«, hatte Bruno Costa vorhin am Telefon gerufen. »Du willst mit dem Puppenmann im Rollstuhl Schiff fahren? Was sind denn das für Ermittlungsmethoden?«

Costa hatte sich geweigert, auf Marcos Anliegen einzugehen. Puppenmann Nummer 1 von der *MS Italia* und der Rollstuhl-Fund von heute blieben da, wo sie waren: auf dem Commissariato di Lugano.

Dem anderen Anliegen hatte Costa gnädig zugestimmt. Er würde für Marco sämtliche Buchungslisten der Società

Navigazione organisieren. Er selbst war daran, die Ehefrau des Mordopfers in die Mangel zu nehmen. Auftragsmord war nach wie vor eine Option für ihn.

»Die Frau ist mit allen Wassern gewaschen, Marco. Gut möglich, dass die Mörderpuppen sie inspirierten. Beste Gelegenheit, aufzuspringen und einen Killer für Geld zu engagieren. Geht heutzutage relativ einfach.«

Bruno Costa war noch ein wenig über die Ehefrau des Opfers und ihre Versuche hergezogen, ihm falsche Köder hinzuwerfen.

»Selbst der Papst in Rom muss als Verdächtiger hinhalten. Angeblich hatte ihr Mann Verbindungen zum Vatikan.« Costa lachte. »Dabei war er bloß Schweizergardist, als er noch jung war. Hat ein paar Fotos in seiner Villa hängen.«

Marco hörte nur noch halb hin, als Costa sich über den Kostümzirkus da unten in Rom lustig machte. Jeder Personenschützer wüsste mit seiner Ausbildung zehnmal besser als diese blitzgeschulten Jüngelchen, wie den Papst zu beschützen.

Nach dem Telefon hatte Marco den Zündschlüssel wieder herausgezogen, den Sitz gewechselt und den Computer aufgeklappt.

Jetzt war er daran, die Webseite der ehemaligen Päpstlichen Schweizergardisten durchzugehen. Die Vereinigung verband rund tausend Ex-Gardisten aus allen Regionen der Schweiz. Sie pflegten die Kameradschaft, halfen bei der Rekrutierung neuer Gardisten und standen ein für Garde und Kirche. Alle zwei Jahre fand ein großes gesamtschweizerisches Treffen von Ehemaligen statt.

Neben der Zentralvereinigung gab es dreizehn regionale Sektionen, allesamt eigenständige Vereine, die Mitgliederanlässe organisierten und kirchliche Bräuche pflegten.

Ganz nach dem gemeinsamen Motto: Acriter et fideliter – semper!

Jetzt beschleunigte sich Marcos Puls.

Die »Sezione Svizzera italiana« kündigte in der Rubrik »News« nächste Anlässe an. Eine Heilige Messe auf dem San Gottardo.

Ein Familienausflug nach Como.

Im Archiv waren vergangene Anlässe zu finden.

Die Weihe der neuen Fahne.

Ein gemeinsamer Ausflug der »Sezione Svizzera italiana« auf dem Lago di Lugano am Sonntag, 12. Juni 2022.

Ein briefmarkengroßes Bild war dazu hochgeladen. Eine Gruppe auf einem Schiff. Es war unmöglich, die Gesichter im Einzelnen zu erkennen.

Aber Marcos Herz raste, als er Bruno Costa anrief. Er brauchte jemanden von der Crew an jenem Sonntag. Eine Person, die dabei war, als die Ex-Gardisten an Deck der *MS Italia* saßen und die Magic Tour fuhren.

# 14

Los, Rubio«, sagte Emma in den Rückspiegel, als sie in den Parkplatz der Casa anziani einbog. »An die Arbeit.«

Sie nahm ihn an die Leine. Gemeinsam gingen sie an gepflegten Blumenrabatten vorbei zum Eingang.

*Benvenuto* hieß es auf den gläsernen Schiebetüren, die zur Seite glitten. Emma zog eine medizinische Schutzmaske an. Bereits nach ein paar Schritten wäre sie am liebsten zurück an die frische Luft geeilt. Sie mochte Altersheime nicht. Aber Rubio zog sie ungestüm vorwärts, den tausend Düften entgegen, die ihn lockten. Es roch intensiv nach Tomatensoße und Brokkoli.

Emma versuchte, flach zu atmen.

Die erste Mitarbeiterin, die wissen wollte, wen sie besuchte, ließ Emma mit dem Verweis auf ihren Sozialhund hinter sich.

Die zweite Mitarbeiterin, die sich Emma in den Weg stellte, war hartnäckiger. Emma beteuerte, dass ihr Sozialhund eine Verabredung mit einer Bewohnerin hatte. Ob die Mitarbeiterin denn nicht informiert war?

*No*, das war sie definitiv nicht, hatte aber keine Zeit, sich um *alles* zu kümmern. Die Mitarbeiterin verdrehte die Augen und eilte weiter.

Emma und Rubio erreichten den Speisesaal. Die meisten Bewohnerinnen hatten ihre Mittagsmahlzeit beendet und wandten sich erfreut der Abwechslung zu, die in Gestalt eines schwanzwedelnden schwarzen Monsters in ihr

Gesichtsfeld trat. Hände streckten sich Rubio entgegen. Entzücktes Kichern ertönte, als seine Schlabberzunge sie berührte.

Ein paar Bewohner versuchten vergeblich, seine Aufmerksamkeit mit den Brokkoliröschen zu erhaschen, die sie auf ihren Tellern hatten liegen lassen. Erst mit einem Stück *polpetta* lockten sie ihn von den Bewohnerinnen weg.

Eine Mitarbeiterin erkannte die Chance, die ihr die Attraktion in Form eines gefräßigen Hundes bot: ein paar Minuten Entlastung.

Schnell schob sie die Menschen in Rollstühlen zu einem Kreis zusammen, stellte Stühle dazu, lud die noch Unschlüssigen an den Tischen ein, sich dazuzugesellen. Emma unterstützte sie, half den neugierig Vordrängelnden, einen Platz zu finden.

Dann ging die Show los.

Rubio gab alles.

Unter Anleitung von Emma führte er jedes Kunststück vor, das er im Laufe der Jahre erlernt hatte.

Wendig beschrieb er eine Acht rund um Emmas Beine.

Er gab ihr die linke Pfote und verweigerte die rechte, was zu Heiterkeit im Publikum führte.

Er machte die doppelte Rolle seitwärts und sprang mit Schwung wieder auf alle vier Beine.

Er hielt tapfer die Folter aus, die es für ihn bedeutete, den Keks auf seiner Pfote zu ignorieren, den Emma dort platziert hatte.

Unter Applaus schnappte er erst mit ihrer Erlaubnis danach.

Sanft legte er seinen Kopf in die Hand von allen im Publikum, die das wünschten.

Unterdessen waren weitere Betreuerinnen und das Personal aus der Küche zum Publikum gestoßen. Unter Klatschen und Rufen wurde eine Zugabe verlangt. Rubio kam dem Wunsch willig nach. Vergnügt leckte er sich nach jeder Belohnung die Schnauze, während die Leckerlis in Emmas Beutel in Windeseile weniger wurden.

Unter tosendem Applaus beendeten sie die Vorstellung. Lachende Gesichter rundum, Dutzende von Händen, die sich Rubio entgegenstreckten.

Emma nutzte die Gelegenheit. Sie befahl Rubio, bei den Menschen im Kreis zu bleiben, richtete die Schutzmaske neu aus und drehte eine schnelle Runde durch das Haus. Nüchterne Korridore mit Türen links und rechts, glänzende Gummibäume, die in Nischen standen. Der Geruch nach Putz- und Desinfektionsmitteln. Im Untergeschoss waren die Türen zu den Lagerräumen abgeschlossen. Vorbildlich. Emma grinste. Bestimmt hatte das Team hier Costas Mitarbeiter auflaufen lassen.

Eins war klar: Wenn es jemand darauf abgesehen hatte, einen Rollstuhl aus diesem Haus zu klauen, war das möglich. Manche standen bereits oben im Eingangsbereich herum, um im arbeitsreichen Alltag jederzeit verfügbar zu sein.

Als Emma in den Speisesaal zurückkehrte, saßen die Menschen noch immer im Kreis und sangen jetzt gemeinsam *Ci vuole un fiore*. Angeleitet von der Mitarbeiterin, die vorhin spontan die Runde organisiert hatte. Die einen intonierten lauthals, andere zögerlich und mit brüchiger Stimme. Ein paar blieben stumm. Aber alle hatten ein Lächeln auf dem Gesicht.

Und wo war Rubio?

Er hatte sich aus dem Kreis entfernt. Dabei war doch die Anweisung klar gewesen, *Madonna*! Er war doch nicht etwa … Emma eilte zum Ausgang.

Dort saß er, bei den gläsernen Schiebetüren, die jedes Mal zur Seite glitten, wenn jemand den Durchgang passierte. *Arrivederci.*

Rubio hatte seinen Kopf auf den Schoß einer aufgeregten alten Dame gelegt, die auf einem Stuhl gleich neben der Tür saß.

»Luigi!«, rief sie und winkte jemanden herein, der nur für sie sichtbar war. »Luigi! *Vieni!*«

»Luigi!«, rief die alte Dame noch immer, als Emma sich jenseits der Glastür aufatmend die Maske vom Gesicht riss und Rubio die Blumenrabatte beschnupperte.

»Luigi!«

Eine Mitarbeiterin versuchte vergeblich, die alte Dame zu den anderen in den Kreis zurückzulotsen. Die Frau klammerte sich mit aller Kraft an ihren Stuhl bei der Tür und weigerte sich, aufzustehen.

»Seit Dienstag geht das so«, seufzte die Mitarbeiterin und bedankte sich bei Emma und Rubio. »Bevor dieser Luigi auftauchte, war sie die ruhigste und sanfteste Bewohnerin hier im Haus.«

»Welcher Luigi?«

»Es gibt keinen Luigi.« Die Mitarbeiterin lächelte müde und deutete mit einer Handbewegung auf den Ort, an dem sie sich befanden. »Jedenfalls nicht hier.«

# 15

Am Nachmittag war ein Bad angesagt. Emma rekelte sich in ihrer Badewanne im Garten. Das Wasser war angenehm heiß und entspannend. Später spazierte sie mit Rubio der Breggia entlang, die zweihundert Meter von der Casa Rubio entfernt floss. Sie plauderte mit anderen Hundehalterinnen, begegnete alten Bekannten. Wie immer zeigten sich alle entzückt über Rubio, der jeden Menschen so begrüßte, als würden alle zu einer einzigen großen Familie gehören.

Wieder zu Hause angelangt, warf sich Emma aufs Sofa. Sie versuchte, sich auf ihr Buch zu konzentrieren. Einen Regionalkrimi, der sie mäßig begeisterte. Wollte sie andauernd über idyllische Landschaften lesen? Den Kommissar auf regionale Schlemmer-Märkte begleiten?

Nein.

Erst als sie zum hundertsten Mal an diesem Nachmittag zum Handy griff und durch ihre Newsportale scrollte, realisierte sie, worauf sie insgeheim wartete: auf eine Frauenfigur aus Brot, am nächsten Ort platziert.

Aber die News an diesem sonnigen Samstagnachmittag dümpelten ohne Sensation vor sich hin. Staumeldungen, Fußballresultate. Seufzend legte Emma Handy und Buch weg. Vielleicht ließen sich ihre Gedanken mit Handarbeit beruhigen. Mit Fellpflege oder Jäten. Nachdem Emma Rubio draußen unter den Linden ausgiebig gebürstet hatte, holte sie Rechen, Hacke und die große Tasche, die Frena und sie für Gartenarbeit benutzten. Unter ihren

Füßen raschelte das erste Herbstlaub. Emma schob die Blätter zusammen und zupfte vorwitzige Gräser aus dem Kiesplatz.

Nach einer Weile kehrte Frena von einem Brunch mit ihren Freundinnen nach Hause zurück. Der Prosecco hatte ihr etwas zugesetzt. Sie machte sich Sorgen, große Sorgen wegen der Zukunft.

Wie konnte die Kindertagesstätte Casa Rubio weiterleben, wenn Frena altershalber kürzertreten musste?

Frena holte zwei Gläser mit Weißwein und ließ sich neben Emma auf einem Stuhl nieder.

Welche Lösung bot sich an, wenn sie gar aufgeben musste, weil ihre Kräfte nicht mehr reichten?

Was geschah mit den Tageskindern, wenn sie in ihrer geliebten Heimküche plötzlich tot umfiel?

Frena wischte ein ums andere Mal ein paar Tränen weg, während sie traurige Szenarien ausmalte. Emma legte die Hacke beiseite, holte einen Stuhl und setzte sich neben Frena. Sie pries Frenas unerschöpflichen Kräfte. Sie brachte verschiedenste Nachfolgelösungen ins Spiel.

Frena ließ sich nicht beruhigen.

Auch die Möglichkeit, dass Frenas Co-Leiter die Casa Rubio übernehmen könnte, Frenas Goldjunge, ihr überaus geschätzter Davide, konnte Frena nicht überzeugen. Ihr Alterswerk, ihr Allerliebstes würde den Bach runtergehen. Nicht einmal ein Lied von Peter Alexander, mit dem Emma ablenken wollte, wollte Frena hören. Tränen liefen über ihre faltigen Wangen. Aus ihrem Haarturm hatten sich Strähnen gelöst, die Emma sanft aus dem Gesicht strich, während sie behauptete, dass alles gut werden würde.

# 16

Marco Bianchi hatte an diesem Samstagnachmittag seiner Tochter beim Einzug in die neue Wohngemeinschaft geholfen. Jetzt saß er frisch geduscht auf der Dachterrasse, zu der er von seiner Wohnung aus Zugang hatte. Er hatte das Glück, dass der Eigentümer des schönen Mehrfamilienhauses in Lugano Paradiso ihn aus einer Vielzahl von Bewerbungen auserkoren hatte. Marco brütete zum gefühlt fünfzigsten Mal über den Fotos, die Emma mit ihrem Handy vor vier Tagen an der Schiffsanlegestelle von Brusino Arsizio gemacht hatte.

Zwei Radfahrerinnen in neonpinken Trikots.

Ein Mann in Socken und Sandalen.

Ein Paar im Pensionsalter mit identischen Daunenjacken, faltbaren Wanderstöcken, Rucksäcken.

Zwei Biker in Bikermontur.

Eine Gruppe Senioren von hinten, dicht gedrängt.

Und nirgendwo ein Hinweis, wer von ihnen beim Steg die neun Filzaufnäher hatte fallen lassen.

# 17

In der Nacht von Samstag auf Sonntag schlief Emma schlecht, schlitterte von einem Albtraum in den nächsten. Kaum hatte sie halb wach erleichtert festgestellt, dass der Horror nur ein Hirngespinst war, stolperte sie in eine neue Mission. Sie rannte einem Zug hinterher. Sie verpasste ein Flugzeug ums andere. Sie wurde von einer Gang verfolgt. Sie ächzte im Schlaf, weil sie nicht von der Stelle kam: Tonnen von Blei beschwerten sie. Wo sie doch rennen musste!

Sie musste loslaufen, um sich zu retten.

Sonst war es zu spät.

Zu spät!

Sie fuhr ob ihrem eigenen kehligen Schrei auf, schweißnass.

# 18

In der Casa anziani wachte die alte Dame in ihrem Zimmer, dessen Wände in einem Reigen bunter Farben leuchteten. Ein Lächeln lag auf ihrem Gesicht. Luigi war wieder da. Da, auf ihrem Bettrand. Sie spürte sein Gewicht, seine warme Hand auf ihrer Wange.

»Luigi«, flüsterte sie und versuchte, mit zitternden Fingern nach seiner Hand zu fassen.

»Luigi.«

# 19

Am Sonntagmorgen, 2. Oktober 2022, riss ein Anruf von Marco Emma aus ihrem unruhigen Schlaf.

»Die nächste Frau aus Brot?«, fragte sie erschrocken als Erstes und fiel erleichtert ins Kissen zurück, als Marco verneinte.

Trotzdem blieb das zwingende Gefühl, dass sie handeln musste.

»*Handeln!* Nicht bloß recherchieren!«, rief sie.

Marco klang etwas beleidigt, stimmte aber zu. Er hatte Emma am Abend davor von der Möglichkeit berichtet, dass das Mordopfer gemeinsam mit anderen Ex-Gardisten am 12. Juni die Magic Tour gefahren war. Unterdessen hatte Marco herausgefunden, dass Daniele Bossart ein Mandat als Rekrutierer für die Päpstliche Schweizergarde besessen hatte. Bis vor einem Jahr.

»Ach ja?«, fragte Emma etwas zerstreut und streichelte Rubio, der sich schwanzwedelnd an ihrem Bett eingefunden hatte. »Weißt du, wer *mir* keine Ruhe lässt?«

»Nein. Wer denn?«

»Luigi«, sagte Emma.

»Wer ist Luigi?«

»Vielleicht der Mann, der den Rollstuhl aus der Casa anziani gestohlen hat.«

»Ach ja?«, sagte Marco.

»Eine Bewohnerin redet seit Dienstag mit einem Mann, den es nicht gibt. Sagt die Betreuerin. Vielleicht gibt es ihn doch.«

»Aber bloß die Bewohnerin hat ihn gesehen, denkst du?« Marco war plötzlich aufgeregt. »Los, fahren wir hin. Nicht bloß recherchieren. *Handeln.*«

# 20

Sie trafen sich auf dem Parkplatz vor der Casa anziani. Rubio begrüßte Marco freudig und wurde zu seiner Enttäuschung gleich wieder in den Bus zurückbeordert. Emma und Marco setzten sich je eine Schutzmaske auf und traten durch die Glastüren. *Benvenuto.*

»Die alte Dame mit Luigi?«

Die Frau am Empfang runzelte bei Emmas Frage die Stirn. »Sie meinen Signora Balmelli? Ermittlungen?« Sie riss die Augen auf. »Gut. Gehen Sie hinauf zu ihr. Aber nur kurz. Zweiter Stock, Zimmer 23.«

Emma und Marco schritten durch den nüchternen Korridor. Das Schild neben der Tür zum Zimmer war von Hand beschriftet und mit drei rosaroten Schmetterlingen verziert. Lorena Balmelli. Emma rückte die Schutzmaske zurecht, klopfte entschieden. Keine Reaktion. Nach dem dritten Mal Klopfen öffnete Emma sachte die Tür.

Sie traten in einen Raum wie ein Schlauch, lang und schmal. Ein Kleiderschrank, der viel zu groß für das kleine Zimmer war. Ein Bett, daneben einen Beistelltisch auf Rädern. Vor dem Fenster, das beinahe die ganze Schmalseite einnahm, war ein Fernsehbildschirm platziert. Der Fernseher lief, auf stumm gestellt. Ein Tierfilm. Junge Füchse tollten über den Monitor.

Auch hier roch es nach Putz- und Desinfektionsmitteln, vermischt mit altem Schweiß. Emma hätte am liebsten das Fenster aufgerissen, aber es war abgeschlossen. Oben war ein kleiner Flügel bereits geöffnet.

»Signora Balmelli?«, fragte Marco sanft.

Die alte Dame reagierte nicht. Er näherte sich vorsichtig dem Bett. Emma wurde flau im Magen. Sie wünschte sich aus tiefstem Herzen, dieser Station im Leben zu entgehen. Marco war jetzt ans Fenster getreten, schaute hinaus.

Emma überwand sich und ging sachte auf das Bett zu. Signora Balmelli schien tatsächlich tief zu schlafen. Auf ihrem Gesicht lag ein Lächeln. Einen Moment lang dachte Emma, dass sie nicht mehr atmete. Aber nein. Das war eine Täuschung. Beruhigt wollte sie sich neben Marco ans Fenster stellen, als dieser mit einem Ruck herumfuhr, die Augen aufgerissen.

»Ich muss da rüber!« Er zwängte sich an Emma vorbei und riss die Zimmertür auf. »Ich melde mich.«

Emma schloss die Tür hinter ihm. Als sie sich ans Fenster stellte, brauchte sie einen Moment, um die Szene zu erfassen. Jemand saß im Haus gleich gegenüber auf einem Sofa, dessen Rückenlehne ein Stück im Fenster sichtbar war, und starrte auf einen großen Fernsehbildschirm. Emma kniff die Augen zusammen, um zu erkennen, was da lief.

Keine Dokumentation über Tiere, auch kein Spielfilm. Dafür geschah zu wenig.

Jetzt schritten Männer in Reihen auf und ab, bunt gekleidet. Eine Militärparade in Gelb und Blau vielleicht. Etwas gar farbig und festlich für etwas, das mit Krieg zu tun hatte. Aber ausreichend geordnet, dass es militärisch anmutete. Wobei nun Gestalten über den Bildschirm schlichen. Eine Frau in Weiß verharrte im Zentrum.

Eine Hochzeit?

Emma schlug sich an die Stirn.

Keine Braut. Das war der Papst in Rom, der von seiner Schweizergarde bewacht wurde.

# 21

Emma starrte ins Zimmer von Rocco, das Wohn- und Schlafzimmer zugleich war. Das Zimmer, in dem Rocco das Sofa in ein Bett verwandelte und wieder in ein Sofa. Wo er die Matratze einklappte, das Kissen und die Daunendecke in der großen Rollschublade darunter verstaute und die Häkeldecke von *mamma* platzierte.

Das Haus gegenüber der Casa anziani war bar jeglicher Südtessiner Pittoreske. Es hatte eine bröckelnde Fassade, die bloß kaputt aussah, nicht romantisch. Wer an der Via Castelrotto zu Hause war, saß am Arsch der Welt mit dem Gestank von Autoabgasen in der Nase, ohne jeden Genuss von paradiesischer Abgeschiedenheit. Wer für diese Wohnung Miete bezahlte, blieb wenigstens von dem schamlosen Mietwucher unten im Tal verschont, mochte man denken. Aber warum sollte ein Vermieter anständig sein, wenn es auch die anderen nicht waren?

Es gab doch immer einen, der dankbar sein musste, überhaupt eine Wohnung zu kriegen. Frau mit Kindern und Sozialhilfeempfängerin. Mann ohne feste Anstellung, zum Beispiel Rocco.

Denn Rocco war nicht mehr Bäcker bei der Firma jener Frau, die die schwarz verkohlten Sauerteigbrote mit Röstaromen erfunden hatte. Dort, wo er eine Lehre machen durfte, bei der Aufsteigerin mit einer Schwäche für die sozial Schwachen.

Die Firma hatte die Kündigung ausgesprochen, wegen unentschuldigter Fehlzeiten. Natürlich erst, als Rocco nach längerer Abwesenheit wieder gesund war. Es tat der Gründerin der Panifattura wirklich leid.

Aber jeder Mitarbeiter musste doch seine Leistung bringen, nicht wahr? Es konnte doch nicht andauernd einer fehlen. Natürlich erwischte jeden einmal eine Grippe – aber so? Sich immer wieder unter fadenscheinigen Gründen kurz vor Arbeitsbeginn abmelden. Dann sich gar nicht mehr abmelden. Das war für die Firma und für das Team insbesondere nicht mehr tragbar – auch wenn Roccos Liebe zum Brot ansteckend war. Er hatte es verstanden, einen *Spirit* in die Firma einzubringen, und seine Experimente suchten ihresgleichen. Ja, man konnte mit Fug und Recht behaupten, dass Rocco innovativ war. Rocco beherrschte sein Handwerk, sogar mehr als das.

Rocco zauberte mit fünf Zutaten.

Jedenfalls genoss die Kreativität von Rocco die volle Wertschätzung der Firmenbesitzerin. Sie hatte sich sogar bereit gezeigt, seine Idee eines Blogs auf YouTube zu prüfen: eine Entdeckungsreise für den Gaumen.

Er wollte jede Woche einen Beitrag gestalten, in dem die Panifattura zum Studio und Rocco zum Brot-Sommelier wurde. Da zeigte ihr *mentee* durchaus eine Entwicklung: vom Sozialfall zum motivierten Angestellten.

Das blieb für die Besitzerin der Panifattura als Fazit bestehen.

Sie und ihr Team wünschten Rocco für den weiteren Lebensweg alles Gute.

## 22

Es war also Rocco, der in seinem Wohn- und Schlafzimmer zusammenzuckte, als die schrille Klingel an der Haustür unten ertönte. Wie lange war es her, dass dort jemand den Knopf betätigt hatte? Rocco unterbrach das Video, das er sich eben angesehen hatte, drückte die Off-Taste für den Bildschirm. Er erhob sich, sah sich prüfend um. Ging zur Wohnungstür, öffnete sie.

»Ja?«, rief er ins Treppenhaus.

Er hörte, wie unten jemand die kaputte Eingangstür vergeblich ins Schloss zu drücken versuchte. Dann Schritte auf der Treppe. Auf dem ersten Treppenabsatz verharrten sie vor der Wohnung, in der längst niemand mehr wohnte.

»Ja?«, rief Rocco nochmals.

Er erschrak ein wenig ob seiner Stimme.

Wie lange schon hatte er nichts mehr gesagt?

Die Schritte setzten wieder ein. Roccos Herz schlug jetzt schneller. Er eilte in die Küche und sah sich um. Hier war alles in Ordnung. Auf dem Rückweg zupfte er die Häkeldecke auf dem Sofa zurecht. Dann stellte er sich wieder in den Türrahmen, um den unerwarteten Besuch zu empfangen.

# 23

Emma sah auf ihr Handy. Noch immer keine Nachricht von Marco. Seit bald 40 Minuten spazierte sie mit Rubio durch Castelrotto. Marco blieb in diesem heruntergekommenen Haus verschwunden.

Was dachte er sich bloß?

Dass sie geduldig vor der Haustür unten auf ihn warten würde?

Das hatte Emma sogar versucht, trotz der Abgase der vorbeifahrenden Autos. Rubio hatte begeistert den baufälligen Unterstand mit dem Roller beschnüffelt, der etwas zurückversetzt stand, und eine Markierung gesetzt. Es war sein Tag heute. Ein Wunder, dass er all die *polpette* noch in sich behielt, die ihm vorhin in der Casa anziani entzückt verfüttert worden waren. Emma beobachtete ihn argwöhnisch. Sie drehten jetzt auf dem Parkplatz des Vallombrosa Bed & Breakfast eine dritte Runde. Wieder sah sie aufs Handy. Noch immer keine Nachricht von Marco. In ihren Ärger mischte sich Sorge.

Was, wenn ihm etwas zugestoßen war?

Emma blieb unschlüssig stehen. Entweder sie stieg Marco in diese Wohnung nach, oder sie stillte ihren Hunger. Emma entschied sich fürs Essen. Als sie auf der Außenterrasse des *ristorante* auf der Tenuta Tamborini Vallombrosa saß und die Speisekarte studierte – Tagliere di salumi, Risotto al merlot, Polenta e Brasato, Speck mit Honig, gedämpfte Kutteln, Zwiebelsuppe, Insalata Mista,

Rib Eye di Manzo – begann Rubio zu würgen. Unter dem gehässigen Blick der Kellnerin schoss Emma vom Stuhl hoch und zerrte Rubio zu den nahen Rebstöcken. Seufzend wandte sie den Blick von ihrem Hund ab und konzentrierte sich auf die schöne Vegetation, die sich rundum anbot. Als sie in ihrer Hosentasche nach einem Säckchen für die Sauerei suchte, kam ihr das leuchtend gelbe Ginkgoblatt wieder in die Finger, das sie vorhin im Unterstand beim heruntergekommenen Haus eingesteckt hatte. Es war zwischen Gummizug und Gepäckträger auf dem Roller eingeklemmt gewesen. Und jetzt wurde Emma plötzlich klar, was sie kurz irritiert hatte. Nur flüchtig und so, dass sie es bereits beim Einstecken in die Hosentasche wieder vergessen hatte: Hier gab es keinen Ginkgobaum. Weder im Rebberg noch dort beim Haus, in dem sich Marco noch immer befand.

»Rubio, komm!«

Die Sauerei musste liegen bleiben, die Speisekarte neben Emmas Gedeck auf der Außenterrasse des Ristorante Vallombrosa ebenso. Emma rannte Richtung Parkplatz los, das Handy am Ohr. Rubio sprang erleichtert nebenher. Als sie beim vw-Bus ankamen, nahm Marco ihren Anruf entgegen.

»Endlich! Sag, Marco«, Emma kramte keuchend nach dem Autoschlüssel. »Gestern, im Resort Collina d'Oro, als du mit Costa da warst. Kann es sein, dass es dort einen Ginkgobaum gibt?«

»Einen Ginkgobaum?« Marco schien überrascht. »Lass mich kurz überlegen.«

Emma hörte seinen Atem im Handy, Schritte auf einer Treppe. »Bist du endlich fertig mit deinem Besuch?«

»Ja. Ein netter junger Mann. Es dauerte ein bisschen länger, es tut mir leid.« Marco schien nun unten angekommen. Eine Tür wurde mit Wucht geschlossen. »Wie kommst du auf einen Ginkgobaum?«

»Zuerst du, Commissario: Gibt es dort einen oder gibt es keinen?«

»Kann gut sein. Kann aber auch nicht sein. Schwierig, das aus dem Gedächtnis zu sagen.«

»Dann fahren wir jetzt da hoch!«, rief Emma. »Und checken vor Ort. Ich warte beim Bus auf dich. Beeil dich, Commissario.«

Rubio machte Freudensprünge, als Marco über den Parkplatz auf den Camper zueilte. Dann wurde er von Emma auf den Rücksitz gescheucht. Sie setzte sich ans Steuer, startete den Motor und fuhr los, bevor Marco den Sicherheitsgurt anlegen konnte.

»Wegen einem Ginkgoblatt?«

»Das habe ich von dir gelernt.« Emma deutete auf das Stoffbeutelchen, in dem sie das Blatt versorgt und auf der Armatur platziert hatte. »Die Schönheit der Natur beachten. Jede Blume, jedes Blatt ist ein Kunstwerk.«

Marco, der sich in jeder Kurve am Angstgriff festklammerte, langte nach dem Beutelchen und griff vorsichtig hinein. »Woher hast du das?«

»Vom Roller, der hinter dem Haus von deinem netten jungen Mann steht. Zwischen Gummizug und Gepäckträger eingeklemmt. Und nirgendwo hier«, sie sah kurz zu Marco hinüber, »gibt es einen Ginkgobaum.«

»Du gehst davon aus«, sagte Marco und betrachtete das Blatt ausführlich. »Du gehst davon aus, dass der junge Mann etwas mit der Brotfrau am Swimmingpool des Resort Collina d'Oro zu tun hat?«

»Falls wir dort einen Ginkgobaum mit passenden Blättern finden: ja.« Emma wich einem entgegenkommenden Auto aus. »Falls nicht: Dann war es wirres Zeug von mir.« Sie sah wieder zu Marco hinüber. Er sah besorgt aus. »Alles gut bei dir, Commissario? Worüber habt ihr denn so lange geplaudert? Warum hockt einer um Himmels willen an einem sonnigen Samstagnachmittag zu Hause und schaut ein Video, in dem junge Männer in Phantasiekostümen für ein Missbrauchssystem marschieren?«

Emma nahm die nächste Kurve mit Schwung. Marco klammerte sich am Griff fest.

»Wegen seinem Vater, der vor vielen Jahren in der Schweizergarde war. Aber darüber haben wir nicht wirklich geredet.«

»Okay. Wie heißt denn der nette junge Mann?«

»Nardone. Signore Nardone.«

»Und worüber haben Signore Nardone und du *wirklich* geredet?« Emma riss das Steuer herum, weil einer auf ihrer Spur entgegenkam. »Wie fahren denn diese Idioten hier?«

»Über *Food pairing*«, sagte Marco.

»Über was?« Emma schaute entgeistert zu ihm hinüber.

»Sein Hobby. Wenn ungewöhnliche Aromen kombiniert werden, wie zum Beispiel …«

Emma winkte ab. »Du klingst wie mein *papà*. Als Nächstes folgen Rezepte zu Leberpastete mit Jasminblüten. Oder Erdbeeren mit Parmesan. Marco?« Wieder sah sie kurz zu ihm. »Alles okay bei dir? Du bist ganz weiß im Gesicht.«

»Fahr schneller, Emma«, flüsterte er. »Fahr schnell zu diesem Resort hoch.«

# 24

Sie hatten zusammen Brot gegessen, der nette junge Mann und Marco.

»Brot?«, schrie Emma auf. »Ausgerechnet *Brot*?«

Sie hatten in der kleinen Küche am Tisch gesessen und vom Laib gekostet, den Signore Nardone vor Marcos Augen aus dem Ofen geholt hatte. Der Duft hatte sich bereits im Treppenhaus angekündigt, in der Wohnung war er überwältigend gewesen. Als würde Marco die Backstube einer Bäckerei betreten und nicht ein heruntergekommenes Haus, in dem nur noch eine Wohnung bewohnt wurde.

»Für meine Freundin«, hatte der junge Mann gesagt. »Aber sie hat bestimmt nichts dagegen, wenn ein Stück davon fehlt.«

Ehe Marco sich versah, war er am Tisch platziert worden. Es wurden ihm milder Brie und saure Apfelschnitze kredenzt, Feigen und Rucola, dazu eine Scheibe Parmaschinken. Und alles mit dem besten Brot kombiniert, das Marco je gegessen hatte. Sein Gaumen machte freudig die kleine Reise mit, auf die ihn der junge Mann mitnahm. Die *mamma* hatte ihm das Handwerkszeug zum Backen vermittelt, hatte er erzählt. Daran hatte er mit Experimentierlust weitergearbeitet. Marco hatte zugehört und das Gesicht seines Gastgebers betrachtet.

»So jung«, sagte Marco. »Und so traurig wirkte er. Obwohl er viel lächelte. Und seine Zähne.«

»Was war mit den Zähnen?«, fragte Emma.

»Blendend weiß. Makellos, wie neu gemacht. Dabei lebt der Mann in bescheidenen Verhältnissen.«

»Wie kommst du denn auf so etwas?« Emma sah kurz zu Marco hinüber. »Warum sollte einer in bescheidenen Verhältnissen keine perfekten Zähne haben?«

Marco hatte schlussendlich eine Dreiviertelstunde am Tisch gesessen und Brot mit Öl, Salz und Käse probiert. Welch ein Wissen vor ihm ausgebreitet wurde, auf liebevolle und bescheidene Weise. Wie viel Genuss in jeder Kostprobe steckte.

»Ihre Freundin hat Glück«, hatte Marco beim Abschied gesagt.

Der junge Mann hatte mit einem Lächeln genickt, Marcos wiederholten Dank entgegengenommen und höflich gewartet, bis sein Gast ein paar Treppenstufen hinuntergestiegen war. Dann erst hatte er die Tür zu seiner Wohnung geschlossen.

»So ein netter junger Mann«, wiederholte Marco und griff wieder nach der Halterung über der Beifahrertür.

Er war noch immer blass im Gesicht.

# 25

Der Kurier war neun Autominuten von Emma und Marco entfernt unterwegs. Ein Roller und sein behelmter Fahrer, der eine große Lieferbox durch den Sonntagnachmittag trug. Er folgte der Straße, die von Agno über Bioggio führte, an Nutzbauten vorbei, die die Menschen hier für sich errichtet hatten: Fitnesscenter und *Supermercatos*, Logistikunternehmen und Tankstellen, Zentren für Haare und Fußnägel, Gelaterias und Versicherungen, internationales *Fashion Trading*. Eine Schule für Krankenpflege und ein Centro für das Studium des Bankwesens. Autowaschanlagen.

Der Kurier fuhr weiter.

# 26

Emma steuerte ihren Bus die Via Roncone hoch, als das Handy von Marco klingelte.

»Es ist Bruno«, sagte er zu Emma, bevor er den Anruf entgegennahm.

»Bruno, gut, dass du anrufst. Unser Stand der Dinge ist …«

Er hielt inne.

»Was sagst du? Du hast bereits telefoniert?« Er schaute zu Emma. »Einen Moment, bitte. Ich stelle auf Lautsprecher, damit Emma mithören kann.«

Sie fuhr weiter, während sie Costas Bericht folgten. Costa hatte eine Mitarbeiterin der Società Navigazione befragt, die am 12. Juni auf der *MS Italia* Dienst hatte. An jenem Sonntag, an dem die Tessiner Sektion der ehemaligen Schweizergardisten ihren jährlichen Ausflug auf dem Deck genoss, in ihrer Mitte Daniele Bossart, das spätere Mordopfer.

»Und?«, rief Marco ungeduldig.

»Fehlanzeige. Es ist nichts Außergewöhnliches passiert.« Der Triumph in Costas Stimme war unüberhörbar. »Die Frau erinnert sich an eine Gruppe von angetrunkenen Männern auf dem Deck. Das kommt oft vor, sagt sie. Also alles normal. Und an jenem Sonntag musste sie Erbrochenes aufwischen. Das weiß sie noch ganz genau. Einem Passagier wurde schlecht.«

»Einem der Ex-Gardisten?«, fragte Marco. »Zu viel Weißwein?«

»Nein, keinem aus der Gruppe. Da war sie sich sicher, weil der Mann so ärmlich aussah.«

»Ärmlich?«

»Aber mit künstlichen Zähnen. Die waren ihr geblieben. Krass weiße Zähne in einem kaputten Gesicht, sagt sie.«

# 27

Marco und Emma schrien gleichzeitig auf. Das bekam Costa nicht mehr mit. Er hatte den Anruf beendet, bevor Marco den Stand ihrer Ermittlungen berichten konnte. Jetzt wandte er sich Emma zu.

»Signore Nardone.«

Seine Stimme war heiser vor Aufregung.

»Ja. Dein netter junger Mann mit den schönen Zähnen.« Emma hielt ihren Blick auf die Straße gerichtet. »Es scheint ganz so, dass er es war, der sich an Deck der *Italia* erbrochen hat.«

Auf Marcos Stirn bildeten sich Schweißtropfen. »In der Nähe der Ex-Gardisten, die sich amüsierten.«

»Am 24. September taucht der erste Puppenmann auf.« Emma überholte, wechselte zurück auf ihre Spur. »Auf der MS *Italia.* Der Puppenmann ist ordentlich angezogen. Wie ein Businessmann.«

Marco scrollte in seinem Handy. Beim Foto mit dem Puppenmann Nummer 1 hielt er inne. »Ein Businessmann wie Daniele Bossart, der am 28. September erschossen wird. Ex-Mitglied und Ex-Rekrutierer der Päpstlichen Schweizergarde.«

Emma wich einem entgegenkommenden Auto aus. Marco knallte gegen die Beifahrertür. Rubio erhob sich ruckartig vom Rücksitz.

»Und wobei hast du den netten jungen Mann vorhin überrascht?«

Sie sahen sich kurz an.

»Bei einem Dokumentarfilm über die Schweizergarde«, beantwortete sie die Frage selbst.

Marco wischte sich den Schweiß von der Stirn. »Das kann alles Zufall sein.«

»Oder auch nicht.«

Die drei Minuten bis zur Ankunft im Resort Collina d'Oro schwiegen sie. Rubio reckte seinen Kopf nach vorne und versuchte, mit seiner Schlabberzunge einmal nach links und einmal nach rechts zu trösten.

# 28

Der Ginkgobaum stand auf dem Parkplatz des Resort Collina d'Oro, rechts am Rand, wo ein Feld den Motorrädern vorbehalten war. Die goldene Krone des Baums leuchtete in der Herbstsonne. Die Blätter sahen genauso aus wie das Exemplar in Emmas Stoffbeutelchen.

Emma bekam fast Schnappatmung.

Rubio schnüffelte interessiert und markierte das Revier.

Marco wählte die Nummer von Bruno Costa.

»Schick den nächsten Streifenwagen an die Via Castelrotto. Das alte Haus gleich gegenüber der Casa anziani. Der Mann heißt Nardone. Signore Nardone.«

Er wurde unterbrochen, es folgten Rückfragen.

»Kein Vorname, keine Hausnummer. Nur Signore Nardone wohnt im Haus. Jetzt gleich, Bruno! Begründung folgt.«

Er hielt das Handy etwas entfernt vom Ohr und ließ den Redestrom eine Weile über sich ergehen, bevor er dazwischenging.

»Bruno, bitte, bis wir dort sind, ist er längst weg. *Dio mio*, schick jetzt sofort eine Streife mit zwei Kollegen, die sich zu diesem Mann in die Küche setzen! Lasst ihn keine Minute aus den Augen! Wenn es nicht bereits zu spät ist!«

Wieder hörte Marco seinem Gegenüber eine Weile zu.

»Nein, das ist KEIN WIRRES ZEUG, Bruno! Der Mann hat ein nächstes Ziel im Visier. Garantiert!«

Marco hielt inne, biss sich auf die Lippen.

»Das wissen wir noch nicht, Bruno!« Und, mit einem Blick zu Emma, deren Atem jetzt wieder normal ging: »Wir geben ALLES!«

## 29

Der Kurier hatte seinen Roller frisch getankt, war wieder losgefahren. Jetzt bog er in die Straße ein, die sich in bessere Wohnlagen hochschlängelte. Dahin, wo Wohlhabende am Sonntag ihre Cabriolets und Mercedes G-Klasse-Geländewagen ausführten. Geschickt wich der Kurier ihnen aus, zielstrebig dem Weg folgend, den er sich vorgenommen hatte. Er kannte die Stationen im Schlaf.

# 30

Emma und Marco waren wieder sehr schnell vom Parkplatz des Resort Collina d'Oro gefahren. Marcos Gesicht war graugrün.

»Emma.« Er flüsterte beinahe. »Ich realisiere es erst jetzt. Wegen deinem Ginkgoblatt und dem Baum.«

»Was?«

»Der Geruch nach Brot. Vorhin in der Wohnung. Er war viel zu intensiv für den einen Laib Brot, den ich frisch aus dem Ofen vorgesetzt bekam. Signore Nardone muss an diesem Nachmittag davor schon gebacken haben. Oder nachts.«

Emma hielt ihren Blick auf die Straße gerichtet. »Dann hast du …«

Marco öffnete das Fenster. »Ich habe von der Brotfigur Nummer 2 gegessen. Die anderen Laibe hat er versteckt, bevor ich die Wohnung betrat.«

Emma nickte. »Wahrscheinlich. Du hast seinen Plan durchkreuzt, eine weitere Figur aus Brot zu platzieren.«

Sie schwiegen. Emma klopfte nervös auf das Lenkrad. Marco beugte sich über sein Handy. Er ging die Bilder nochmals durch, die er vorhin hastig auf dem Parkplatz von Baum und Resort geschossen hatte – zumindest davon, was von außerhalb der Umfriedung sichtbar war.

»Was wollte er mit der Brotfrau *hier*? Es ist ein Ort mit Nazi-Vergangenheit. Das habe ich gestern kurz recherchiert. Was hat er damit zu tun?«

Emma schüttelte entschieden den Kopf. »Vergiss die

Nazi-Vergangenheit, die führt von deinem netten jungen Mann weg. Bleiben wir bei der Brotfrau. Er backt eine Brot*frau*.«

»Brotfrau«, wiederholte Marco. »Und davor gibt es einen Puppenmann. Sechs Puppenmänner bis zum Mord.«

»Entlang der Stationen der Magic Tour. Auf dieser Tour trifft dein junger Mann auf fröhliche Ex-Gardisten. Er kotzt. Warum kotzt er?«

»Weil er einen Infekt hat. Oder er hat etwas Schlechtes gegessen, eine Entzündung, einen …«

»Weil es ihm hochkommt, Marco!«, rief Emma und schlug mit der flachen Hand auf das Lenkrad.

Marco schaute verdutzt. Dann nickte er. »Du bist gut, Emma.« Er beugte sich wieder über sein Handy, tippte hastig.

»Ihm kommt's hoch, weil er Daniele Bossart an Deck sitzen sieht!«, rief Emma. »Einer, der bis vor einem Jahr Rekrutierer der Schweizergarde war.«

Marco scrollte. »Ich bin auf der Webseite der Schweizergarde. Hier steht alles zum Rekrutierungsprozess. Was es für die Bewerbung braucht. Wer die aktuelle Ansprechperson ist.«

Er las weiter.

»Und?«, fragte Emma und hupte. »Idiot!«

Marco scrollte. »Da!« Er hielt inne, las wieder still für sich.

»Lies vor, Marco!«

*»Vor dem Eintritt ins Korps hat der Kandidat seine Zähne sanieren zu lassen.«*

Emma stöhnte auf.

»Wie sagte die Mitarbeiterin, die seine Kotze aufwischen musste?«

»Krass weiße Zähne in einem kaputten Gesicht.«

Emma fror plötzlich, trotz der wärmenden Herbstsonne. »Dein netter junger Mann wollte in die Schweizergarde. Und warum ist er nicht dort? Wer ist der Pförtner des Rekrutierungsprozesses?«

Marco war in sich zusammengesunken, das Gesicht in den Händen vergraben. »Daniele Bossart.« Marco richtete sich wieder auf, massierte die Schläfen. »Jetzt, Emma«, seine Stimme klang gepresst. »Jetzt müssen wir verdammt gut kombinieren, um den Mord an der nächsten Person zu verhindern.«

»Keine Person. Eine *Frau*«, korrigierte Emma. »Wir haben die Brotfrau Nummer 1 im Resort.«

»Die Nummer 2 vermutlich in der Küche an der Via Castelrotto.«

»Ein Teil davon in deinem Magen.« Emma setzte den Blinker. »Ich halte hier an. Fertig mit ziellosem Herumfahren. Wir beide finden jetzt *subito* heraus, wer diese Frau ist.«

Marco tippte hastig.

»Das Resort Collina d'Oro. Da drin verbirgt sich etwas, was wir nicht sehen.«

Emma parkte schwungvoll bei einer Autovermietung, schaltete den Motor aus und griff ebenfalls nach ihrem Handy.

»Genau. Nicht die Nazis von früher. Eine Frau von heute.«

Sie hatte rasendes Herzklopfen. Die Kehle war ausgetrocknet und ihre Finger zitterten. Schnell mussten sie sein. Ein Schauer lief ihr über den Rücken. Schneller als der Tod.

# 31

Bruno Costa ließ es sich nicht nehmen, selbst nach Castelrotto zu fahren. Es war zwar Sonntag und definitiv ein dienstfreier Tag; auch würde die Polizeistreife vor ihm an der Via Castelrotto eintreffen. Aber er wollte mit eigenen Augen sehen, was da los war.

*Der Mann hat sein nächstes Ziel im Visier. Garantiert!*

Wenn das nicht wirres Zeug war.

*Begründung folgt.*

Was dachte sich Bianchi eigentlich? Dass er sich noch immer als Chef aufführen konnte? Hier einfach mal kurz das Kommando übernehmen konnte?

Aber wie gesagt. Costa schaute jetzt nach dem Rechten. Der Commissario des Commissariato di Lugano legte bestimmt nicht zu Hause die Beine hoch, während er Untergebene die Anweisungen seines Ex-Vorgesetzten befolgen ließ. Und wenn er ganz ehrlich war: Seine eigene Spur verlief gerade etwas im Sand, gelinde gesagt. Der Verdacht, dass die Ehefrau des Mordopfers ihre Finger im Spiel hatte, ließ sich bisher nicht erhärten. Noch jeder Hinweis auf einen möglichen Auftragsmörder hatte sich in Luft aufgelöst. Costa hatte den dringenden Verdacht, dass die Frau nicht nur einen an der Waffel hatte. Sie machte sich der bewussten Irreführung schuldig. *Porca miseria.* Dieses Weib machte ihn fertig. Manchmal tat ihm der renommierte Anwalt und Notar post mortem ein bisschen leid.

*»Pronto?«*

Costa nahm den Anruf der Streife über die Freisprechanlage entgegen. Die aufgeregte Stimme des Polizisten schallte durch das Auto.

»Keiner da?«, rief Costa. »Ihr habt *was* gefunden? Katzen?«

Er schnappte nach Luft. Die Atemübungen.

»Sucht ihn! Sofort alle Streifen aufbieten! Er kann noch nicht weit sein!«

Tief einatmen. Ausatmen.

»Wo? Auf Grundlage von was? Ich weiß es nicht, *porca miseria*! FINDET IHN EINFACH!«

Costa unterbrach die Verbindung und wählte die Nummer von Marco Bianchi, der den Anruf einmal mehr nicht entgegennahm. Emma Tschopp antwortete ebenfalls nicht. Wäre ja auch ein Wunder gewesen. Die beiden hatten natürlich Dringlicheres zu tun.

# 32

Als Bruno Costa kurz darauf das heruntergekommene Haus an der Via Castelrotto erreichte, war die Streife bereits wieder unterwegs. Entschlossen stieg er die Treppe bis zur Wohnungstür im ersten Geschoss hoch. Dort hielt er inne und horchte. Nichts. Kein Geräusch aus dem Geschoss über ihm und keins von hinter der Tür. Die Polizisten vorhin hatten sie wieder zugezogen.

Bruno Costa drückte die Falle zögerlich, öffnete die Tür einen Spalt breit. Er versuchte, etwas zu erkennen. Es war zu dunkel. Er drückte die Tür so weit auf, dass er eintreten konnte, und schloss sie schnell wieder hinter sich. Er unterdrückte einen Schrei, während er nach einem Lichtschalter tastete. Etwas hatte ihn am Bein berührt. Eine sanfte Berührung. Schon wieder. Costa schrie auf. Er kickte mit dem Fuß in die Luft, die eine Hand noch immer der Wand entlangtastend, die Augen auf einen Streifen gerichtet, der ihm in der Dunkelheit heller schien. Er ging darauf zu, in alle Richtungen kickend, ein Stoßgebet zum Himmel schickend: Bitte keine Berührung mehr, guter Gott. Lass mir nichts ekelhaft Weiches mehr um die Beine schleichen.

Costa erreichte den Spalt aus Licht. Es war eine Tür, wie er erleichtert feststellte. Sie führte vom dunklen kleinen Korridor in ein Zimmer. Die geschlossenen Fensterläden ließen durch die Lamellen ein wenig Sonnenlicht in den Raum, gerade so viel, dass Costa nach und nach erkennen konnte, wo er sich hier befand. Ein Katzen-Kratzbaum reihte sich an den andern. Sie waren aus echten Buchen und Birken gebastelt. Zelte aus Drahtbügeln und T-Shirts verteilten sich am Boden. Schnüre mit Kartonstückchen in jeglicher Höhe hingen von der Decke. Harasse stapelten sich zu Kletterpyramiden. Und überall lauerten die Tiere, die Costa in den letzten neun Tagen zum meistgehassten Lebewesen geworden waren: Katzen. Katzen in allen möglichen Katzen-Farben, getigert, gestreift und gefleckt. Aber vor allem Katzen in Schwarz. Das Katzenparadies umfasste ein Zimmer und eine Küche. Im Badezimmer fand Costa endlich einen Lichtschalter, und hier standen auch die Katzenklos. Kistchen reihte sich an Kistchen. Costa musste nicht lange hinsehen, um zu erkennen: Die Streu war vor Kurzem ausgewechselt worden. Auch die gut gefüllten Fress- und Trinknäpfe in der Küche wiesen darauf hin: Der Besitzer dieser Tiere rechnete damit, länger abwesend zu sein.

## 33

Auch in den besseren Wohnlagen in den Hügeln über Lugano beachtete niemand den Kurier, der eine große Lieferbox auf seinem Roller mitführte. *Food delivery* war willkommen. Wer kochte schon gerne ständig selbst? Und Ausweichen ins Restaurant erinnerte zu sehr an den Alltag, wo ein Businesslunch dem andern folgte. Irgendwann hingen einem die Dumplings und Sushis zum Hals heraus. So ein Lieferservice am Sonntag war ein Segen. Ein Roller mit behelmtem Fahrer war hier normal. Auch als der Fahrer sein Fahrzeug in der Nähe der Hausnummer 108 parkte, schaute keiner hin. So kam es, dass der Fahrer seine Last unbemerkt zur Hecke trug, die das Grundstück im Südosten begrenzte. Die Handschuhe hatte er anbehalten. Den Helm auch.

# 34

Jenseits der Hecke saß die Gründerin der Panifattura, jene Frau aus einfachen Verhältnissen, die sich allen Widerständen zum Trotz zur erfolgreichen Geschäftsfrau hochgearbeitet hatte. Sie trug In-Ear-Kopfhörer, saß am Computer und arbeitete an der nächsten Folge ihres YouTube-Blogs: eine Erkundungsreise für den Gaumen.

»Mein Baby«, wie sie es gerne nannte.

Ihr Baby, das vom ersten Atemzug an viral ging.

Jede Woche produzierte die Erfinderin des einfachen Sauerteigbrotes ein Video, in dem die Panifattura zum Studio und sie zur Brot-Sommelière wurde. Charmant und kompetent teilte sie ihre Leidenschaft für *simple living* mit einer wöchentlich wachsenden Gefolgschaft. Die positiven Kommentare waren – *oh my gosh*, sie waren einfach überwältigend, wie sie in Interviews erzählte.

Den Mehrwert des Blogs für ihre Firma konnte die Besitzerin der Panifattura längst nicht mehr an zwei Händen abzählen. Das sagte sie in Interviews nicht.

Selbstverständlich hatte der Erfolg auch seinen Preis: Die Besitzerin der Panifattura lag am Sonntag nicht am Pool im weitläufigen Garten, wie manche Neider dachten. Sie schlug sich mit dem schlechten Skript ihrer Assistentin herum. Nichts davon war zu gebrauchen. Da schenkte sie einer jungen Frau eine Chance – und was stellte die damit an?

Die Besitzerin der Panifattura erhob sich verärgert, um

drinnen im Haus frisches Wasser zu holen. Dabei wandte sie ihren Rücken der Hecke an der Südostseite ihres Grundstücks zu, ließ die In-Ear-Kopfhörer stecken.

Deshalb knallte der Schuss zweifach gedämpft in ihren Ohren: Einmal durch den Schalldämpfer an der Waffe, einmal durch die sanfte Stimme von Harry Styles: »*… and running from the bullets … the bullets …*«

Die Kugel zischte an ihr vorbei und schlug in den Feigenbaum ein.

So genau allerdings realisierte die Gründerin der Panifattura diese Vorgänge erst später.

Vorerst riss sie sich die In-Ear-Kopfhörer aus den Ohren und drehte sich um. Gerade rechtzeitig, um wie in Zeitlupe die Schlussszene des Kampfes zu sehen, der ihr das Leben gerettet hatte: ein Knäuel von menschlichen Körpern und einem Hund, das krachend durch ihre Hecke brach.

Eine Gestalt in Schwarz fiel auf den Rücken und versuchte vergeblich, wieder auf die Beine zu kommen.

Eine Frau und ein Mann hielten dagegen. Sie knieten auf Brust und Beinen, wichen den Hieben der wild um sich schlagenden Gestalt aus. Sie zwangen den sich aufbäumenden Oberkörper auf den Boden zurück.

Sie rangen keuchend und von Lauten des Schmerzes begleitet.

Bis die um sich schlagenden Arme und Fäuste umklammert waren, der Oberkörper am Boden war.

Bis die Gestalt in Schwarz still lag.

Kurz war nur Keuchen zu hören und Musik aus den In-Ear-Kopfhörern, die im Rasen lagen.

Dann schrie die Gestalt am Boden.

Der Schrei wurde durch den Helm gedämpft, trotzdem erschauerte die Besitzerin der Panifattura.

»Wie ein Tier«, erzählte sie später in Interviews. »Aber so einer ist ja auch kein Mensch mehr, nicht wahr?«

# 35

Emma zitterte. Sie musste sich an der Hecke festhalten, damit ihr nicht die Beine wegknickten. Sie war vorhin auf das Grundstück gestürmt und hatte sich versichert, dass die attackierte Frau unverletzt war. Sie hatte die Frau in der Garten-Lounge platziert und Rubio befohlen, nicht von ihrer Seite zu weichen. Dann war sie zum Camper gerannt, um die Pistole im Bus einzuschließen. Schließlich eilte sie zurück zur Hecke. Marco hatte Costa angerufen, ohne den Schützen aus den Augen zu lassen. In fünf Minuten würde die Polizei da sein.

Emma ließ die Hecke los und fuhr fort, Schaulustige aus der Via Aldesago zu verscheuchen, die sich mit gezückten Handys näherten. Marco schirmte den jungen Mann ab.

»Signore Nardone«, hatte Marco vorhin gesagt, als die schwarz gekleidete Gestalt noch am Boden lag. »Bitte richten Sie sich auf. Langsam. Haben Sie Schmerzen?«

Marco hatte geholfen, die Handschuhe und den Helm auszuziehen. Emma hatte das Geschehen sprungbereit verfolgt. Sie hätte den Mann sofort gefasst, wenn er hätte flüchten wollen. Aber er saß bloß da, seine Hände auf den Helm vor sich gelegt. Marco saß neben ihm. Er sagte etwas, was Emma wegen den Gaffern nicht verstand. Sie wies den letzten entschieden den Weg.

»Angst«, hörte Emma den Mann jetzt leise sagen. »Angst sollten sie haben.« Er hob die Hände, ließ sie auf den Helm zurückfallen. »Nur einmal in ihrem Leben.«

»Aber sie hatten keine Angst«, sagte Marco. »Sie haben nicht einmal gemerkt, dass die Drohung ihnen galt.«

Der junge Mann sagte nichts mehr. Als der Polizeiwagen vorfuhr, erhob er sich und wehrte Marco ab, der sich an seine Seite stellen wollte. Er ging auf das Auto zu.

Niemand konnte die weißen Handschuhe sehen, die Hellebarde und das Schwert, die er weit von sich warf.

Er wurde von zwei Polizeibeamten gepackt. Sie rissen seine Arme auf den Rücken, legten ihm Handschellen an. Einer zwang ihn in die Knie, bevor er ihn auf den Rücksitz des Wagens stieß.

Jetzt folgte die letzte Station für einen, der seines Glückes Schmied sein wollte.

# 36

Sie sahen dem Streifenwagen nach. Marco verharrte dort, wo er stehen geblieben war. Emma saß auf dem Boden. Ihre Knie waren eingeknickt. Mit bebenden Händen nahm sie eine Trinkflasche entgegen, die ihr gereicht wurde. Weitere Fahrzeuge trafen ein. Noch mehr Beamte. Es kam ein professionelles Betreuungsteam für die Frau, der der Schuss gegolten hatte. Um die neu angekommenen Gaffer brauchte sich nicht mehr Emma zu kümmern. Sie trank einen Schluck, spülte Straßenstaub und Steinchen von ihren aufgeschürften Handflächen.

»Ausgezeichnete Arbeit, Signora Tschopp«, kam es von über ihr.

Emma schirmte die Augen ab, sah hoch. Costa. Der gute alte Costa. Arschloch.

»Das muss ich neidlos zugestehen.« Costa wandte sich an Marco, der noch immer reglos stand. »Gratulation, Marco. Da hatte ich ein gutes Händchen bei der Vergabe des Mandats.«

Costa klopfte ihm auf die Schultern.

»Na, noch immer schockiert, Kollege? Ich kann es nicht genug wiederholen: Das Böse lauert überall. Auch dort, wo man es nie vermuten würde.«

## 37

Emma hatte sich hinlegen müssen. Sie konnte nicht mehr stehen und nicht mehr sitzen. Sie spürte den warmen Asphalt im Rücken und bekam nur aus der Ferne mit, wie Marco dem Commissario des Commissariato di Lugano die Schlüsse darlegte, die Emma und ihn hierhergeführt hatten.

Wie das Ginkgoblatt zum Auslöser für eine Reihe von Erkenntnissen wurde. Wie Marco herausfand, dass der nette junge Mann die Kunst des Brotbackens nicht von seiner *mamma* gelernt hatte. Ein einziger Eintrag einer einzigen Seite im Internet verriet ihn, nachdem Marco »Nardone« und »Brot« ins Suchfeld eingegeben hatte.

»2. Rang mit Note 5.4«, stand anlässlich der Lehrabschlüsse EFZ im *Corriere del Ticino* online geschrieben. »Nardone Rocco, Panifattura GmbH Lugano.«

Recherchen zur Panifattura führten Marco dann blitzschnell zum Videoblog, in dem eine attraktive Frau sich als erste Brot-Sommelière überhaupt inszenierte.

»Filippa Cabrini!«, hatte Emma aufgeschrien. »Sie ist ein Star in den sozialen Medien! Von ihr hat mir *papà* schon die Ohren vollgequasselt.«

Marco brauchte bloß ein paar Sekunden, um zu erkennen: Das, was diese Frau performte, hatte er vorhin in der Küche von Signore Nardone erlebt. Ihm war sofort klar, wer das Original zur Entdeckungsreise für den Gaumen geliefert hatte.

»Sie hat ihn verarscht! Und sahnt auf seine Kosten ab!«,

hatte Emma gerufen und den Motor gestartet. »Such ihre Adresse, schnell!«

Die Adresse in Brè-Aldesago war innert Sekunden im Handelsregister gefunden.

Emma raste dorthin.

Marco recherchierte weiter und schrie auf, als er die Verbindung auf der Webseite der Panifattura fand. Dort waren die Institutionen gelistet, die sich mit handgemachtem Brot beliefern ließen.

Eine davon war das Resort Collina d'Oro.

Emma und Marco waren auf alles gefasst, als sie den Camper neben dem Roller in der Nähe der Via Aldesago 108 parkten. Einen kurzen Moment lang sahen sie sich hektisch um. Es war Rubio, der zielstrebig auf die schwarze Gestalt mit Helm zusteuerte, die in der südöstlich gelegenen Hecke verborgen ihr Ziel anvisierte. Sie warfen sich gleichzeitig auf den Schützen.

»In letzter Sekunde, *porca miseria*!«, hörte Emma jetzt Costa rufen. »Die Gerechtigkeit hat einmal mehr gesiegt.«

»Von wegen«, murmelte Emma.

Es war in diesem Moment, als sie bei den Wohlhabenden hoch über dem Lago di Lugano am Boden lag, dass sie erstmals wünschte, nicht mehr Polizistin zu sein. Ihr Leben lang versuchte sie, Gerechtigkeit zu schaffen. Schon als Kind fand sie vieles ungerecht. Dabei hätte sie wegschauen können, wie alle anderen.

Musste es sie kümmern, wenn eine Klassenkameradin verprügelt wurde?

Das Mädchen war selbst schuld, hatte ihr loses Maul zu weit aufgerissen, ihr Gift gegen die Bande von Jungs versprüht.

Aber sie war so ein zartes blondes Wesen. War es gerecht, wenn sich vier brüllende Kerle auf sie stürzten?

Nein.

Also warf Emma sich dazwischen.

Und was hatte sie damit zu tun, dass der Klassenbeste einer mit Brille, abstehenden Ohren und Sommersprossen war?

Nichts.

War es gerecht, dass niemand ihn beachtete? Dass sich alle mit einem Schulterzucken abwandten, wenn er das Wort an sie richtete?

Emma hörte ihm zu, auch dann noch, wenn der Pausenhof sich längst geleert hatte.

Als Emma verkündete, dass sie später einmal Kriminalkommissarin werden wollte, um die Ungerechtigkeit aus der Welt zu schaffen, hatte ihr Vater gelacht. So auch das Fräulein Huber, die Grundschullehrerin, bei der sie ihre Berufswünsche zeichnen mussten. Emma hatte sich eine Polizeimütze auf die wilden Locken gesetzt, eine Pistole in jede Hand gemalt, von klobigen Fingern umfasst. Sie war bereit, das Böse zur Strecke zu bringen. Sollten die Erwachsenen lachen, so viel sie wollten.

Ihr Leben lang schon rannte sie der Gerechtigkeit hinterher.

Aber es gab verdammt noch mal keine.

## 38

Am Abend dieses ereignisreichen Sonntags stieg in der Casa Rubio der Geruch eines Feuers zu den Fenstern im ersten Geschoss hoch. Frena schnupperte. Sie lehnte sich nur so weit hinaus, dass sie besser hören konnte, was da unten im Garten vor sich ging. Bei Gott, es wäre ihr nie in den Sinn gekommen, den beiden nachzuspionieren. Sie sah sowieso nichts von hier oben, sie wollte sich bloß vergewissern.

Tatsächlich, es war Marcos Stimme, die jetzt erklang und sich mit Emmas Stimme mischte. Es hörte sich ernst an. Frena hörte kein warmes Lachen von Marco, das sie so mochte. Aber auch wenn das Lachen fehlte:

Frena hatte es geschafft.

Sie hatte den Marco zurückgeholt. Er saß wieder mit Emma zusammen im Feuerschein im Garten. Er würde frühmorgens mit Rubio Gassi gehen und danach bei Frena in der Küche sitzen, einen Cappuccino mit einem Extra-Berg aus Milchschaum vor sich.

Frena lächelte und begann leise zu singen:

*»Wir sind eine große Familie*
*wir gehören zusammen …«*

Frena schloss sachte das Fenster.

*»… hier ist keiner allein.«*

Jetzt sang sie laut.

*»Wir sind eine große Familie*
*und wir wollen es bleiben.*
*Das wird immer so sein.«*

# 39

Eine große Reise?« Marco schaute entsetzt. »Und was ist mit unserer Firma?«

»Du führst sie weiter«, sagte Emma und erhob sich, um ein Holzscheit nachzulegen. »In einem Jahr bin ich zurück.« Sie setzte sich wieder.

»Spinnst du?« Jetzt hatte sich Marco erhoben. Er begann, in Emmas kleinem Garten hin und her zu gehen. Rubio sprang auf und begleitete ihn schwanzwedelnd.

»Oder du kommst mit, Commissario. Kroatien, Slowenien, Portugal. Seen, Berge, das Meer. Oder in den Norden. Amsterdam, Hamburg, Kopenhagen, Stockholm.«

Marco war auf der anderen Seite des Feuers stehen geblieben.

»Wir folgen für eine Weile schönen und aussichtsreichen Pfaden und hangeln uns mal nicht menschlichen Abgründen entlang.« Emma machte eine umfassende Geste. »Du, Rubio, ich und mein Bus. Wie siehst du das, Commissario?«

Die Flammen schlugen zwischen ihnen hoch. Marcos Gesicht blieb dahinter verborgen. Bestimmt dachte er an seine Tochter.

Emma biss sich auf die Zunge. Halt einfach den Mund, Emma.

»Die Stickfilze an der Anlegestelle von Brusino Funivia«, sagte Marco nach einer Weile und setzte sich wieder zu Emma ans Feuer. »Es bleibt ein Rätsel, wer sie platziert hat. Rocco Nardone war es nicht.«

Rocco Nardone. Emma schluckte. Immer, wenn sie an ihn dachte, bildete sich ein Kloß in ihrem Hals. Sie schluckte wieder und spürte Marcos warme Finger, die flüchtig über ihre Hand strichen. Dann schenkte sie Wein nach. Sie hoben ihre Gläser, prosteten sich still zu, starrten eine Weile ins Feuer und kraulten Rubio, der sich zwischen sie gelegt hatte.

»Ich habe vorhin eine Anfrage erhalten.« Marco legte ein Holzscheit nach. »Von der jungen Frau, die ich im Auftrag ihrer Mutter observiert habe.«

»Nein!« Emma musterte ihn verblüfft von der Seite. »Von der Tochter des Mannes, der letzten Montag bei mir war?«

Marco nickte. »Diese Familie verbirgt etwas.«

Emma hatte sich aufgerichtet. »Bestimmt. Sag schon.«

»Und meine Antwort wegen der Reise?«

»Später, Commissario. Erzähl.«